여름을 한 입 베어 물었더니

여름을 한 입

이꽃님 장편소설

베어 물었더니

문학동네

하지오

그러니까 이 모든 건 엄마의 갑작스러운 통보로 시작됐다.

"전학 가서 잘할 수 있겠지?"

아침으로 된장국에 밥을 말아 후루룩 마시면서 내가 전학을 간다는 걸 알게 됐다.

"나 전학 가?"

"응."

엄마는 너무도 당연하다는 듯 대답했지만 요만큼도 당연한 건 없었다.

"보통 이런 일은 당사자랑 이야기를 좀 나눈다든가 생각을 묻는다든가, 그러면서 결정하지 않아?"

"너 훈련하느라 바빴잖아. 엄마가 대신 알아봤지."

"아니, 그래도 전학을 가는데 내가 모른다는 게 말이 돼? 그래서 어디로 가는데?"

엄마가 커피를 한 모금 마셨다. 언젠가부터 아침을 먹으면 속이 메스껍다며 밥 대신 커피를 마셨다. 엄마의 커피를 보면 계절을 알 수 있다. 입을 델 정도로 뜨겁던 커피는 날이 갈수록 점점 차가워졌다. 그날 엄마의 커피에는 얼음이 가득 들어 있었다.

"정주."

"정주? 거기가 어딘데?"

"유도 한다는 애가 정주를 모르면 어떻게 해. 유도의 고장, 꿈의 도시 정주로 오세요!"

엄마는 이상한 노래를 흥얼거리며 옛날 광고라도 따라 하듯이 말했다. 어쩐지 들떠 보이기도 해서, 정주라는 곳은 들어 본 적도 없다는 말은 하지 않기로 했다.

"거기 번영이라는 동네에 유도로 유명한 학교 있어. 코치가 올림픽 메달리스트래. 거기서 유도 계속하면 돼."

엄마가 약봉지를 꺼내 약을 붓자 한 손 가득 알약이 차올랐다.

"무슨 약을 그렇게 많이 먹어?"

내 물음에 엄마는 아무 대답도 하지 않았다. 그때 눈치챘어야 했는데. 엄마 손에 말도 안 되게 많은 약들이 쌓여 갔지만 나는 아무것도 모르고 있었다. 이어지는 엄마의 말에 그렇게 무참히 내 인생이 우당탕탕 무너질 줄도.

"엄마는 같이 안 가."

"뭔 소리야."

"넌 아빠 집으로 갈 거야."

호로록.

엄마가 다시 커피를 한 모금 마셨고 나는 숟가락을 든 채 그대로 얼어 버렸다.

"……나한테 아빠가 어디 있어?"

"아빠 없는 사람이 어디 있어. 다 아빠는 있지."

"장난치지 말고."

"아빠 정주에 있어."

심장이 쿵 떨어지고 손끝이 파르르 떨렸다.

어릴 때 나는 아빠가 없는 게 당연하다고 생각했다. 이 세상 모든 아이들에게 아빠가 없다고 생각한 적도 있었다. 그게 당연한 일이 아니라는 걸 알았을 때도 나는 아빠에 대해서 묻지 않았다. 물으면 안 된다고 어렴풋이 느꼈던 것 같다. TV에서 아빠 이야기만 나와도 서둘러 채널을 돌려 버리는 엄마였으니까.

다행이라고 해야 할지 불행이라고 해야 할지, 유치원 때도, 초등학교에 입학하고 나서도 다들 엄마 얼굴을 보고 나면 아빠에 대해서 묻지 않았다. 나에게 아빠가 없는 게 당연할 수도 있다는 듯이.

나중에야 알았다. 엄마가 내 엄마를 하기에는 너무 어린 나이라는 것을. 엄마가 미혼모라는 사실을 알게 된 건 한참 더 커서였다. 어린 엄마와 사는 나는 언제나 '사회적 약자'였고, 그게 우릴 보호해 줄 누군가가 없다는 뜻 같아서 무서웠다. 그런데 갑자기 아빠라니.

"말도 안 돼."

"아빠한테는 말해 뒀어."

충격이었다. 아빠한테는 말을 해 뒀다니? 그 말은 아빠랑 연락을 하고 있었다는 뜻이잖아.

"거기는 다를 거야. 아니, 달라."

"뭐가 다른데?"

엄마는 마치 전할 수 없는 걸 전하겠다는 듯 간절한 눈빛으로 말했다.

"전부 다."

그러고는

"할 수 있어. 다 괜찮아질 거야."

라고 말했다.

"미안해."

그냥 알았다. 엄마가 내 손을 잡고 미안하다고 하는 순간, 모든 걸 받아들여야 한다는 걸.

그렇게 어떤 불평 한 번 없이 정주로 내려왔다.

그리고, 그 사람.

아빠라는 존재를 보고 싶기도 했다. 도대체 어떻게 생겨 먹은 사람이기에 아직 태어나지도 않은 나와 열일곱밖에 되지 않았던 엄마를 버릴 수 있었던 건지.

기차역에서 아빠라는 사람을 마주한 순간, 느낌이 왔다. 나한
테는 아빠라는 존재가 필요하지 않다는 걸. 그리고 저 사람과 함
께 보낼 시간들이 전쟁 같을 거라는 걸.

그때까지만 해도 나는 그저 총알을 장전하고 아빠라는 사람과
의 전쟁만 생각하고 있었다. 그곳에서 내 인생을 송두리째 바꿔
놓을 그 아이를 만날 거라고는 상상도 하지 못했으니까.

사람들은 간절히 빌고 또 빌면 뭔가가 이루어진다고 착각하지만 그들이 비는 소원 따위는 신의 신경을 거슬리게 만드는 소음일 뿐이다. 나는 고작 내 주변 사람들의 속마음이 들릴 뿐이지만 신은 모두의 속마음을 들어야 할 테니까.

대부분의 속마음은 들어도 아무 의미 없는 이야기 천지다. 감흥이 없고 대수롭지 않은 일들뿐이니까. 속마음이 들려올 때마다 나는 이어폰으로 귀를 틀어막고 눈을 감아 버리고 만다. 그리고 아주 가끔은, 듣지 않으려고 온 힘을 다 해도 들려오는 간절한 마음도 있다.

내가 아빠라고 할 자격이나 있나. 마이 원망할 낀데, 뭐라 캐야 되겠노.

목소리의 주인공은 마을 사람들이 '남 경사'라 부르는 파출소 경찰이다. 벌벌 떠는 게 다 보일 만큼 긴장한 채로 땀에 젖은 두 손을 바지춤에 닦아 내고 있다. 단순히 이른 더위에 흘리는 땀이 아니라 불안과 염려로 가득 찬 땀이다.

가가 벌써 열일곱이라 캤나. 우짜다가 딸이 열일곱이나 됐는데 그걸 몰랐노. 내를 용서해 주겠나. 아이다. 남기찬이, 니가 미쳤다. 무슨 용서를 바라노. 그 죄를 다 우째 갚을 끼고.

아저씨가 고개를 숙인 채 연신 마른세수를 한다. 내가 아는 한 아저씨에게는 아줌마 배 속에 있는 아이가 전부다. 그런데 열일곱 살 딸이라니?

콰광콰쾅 콰광콰쾅.

요란한 소리와 함께 기차가 들어오기 시작하자 뜨거운 열기가 일렁인다. 그 소리에 아저씨는 천벌이라도 받는 사람처럼 어깨를 움츠린다. 만약 저 기차에 탄 누군가가 남 경사 아저씨의 천벌이라면, 나는 기꺼이 신의 벌을 환영할 생각이다.

오 년 전 그날.

아저씨와 마을 사람들이 내 전부를 빼앗았으니 이제는 그들이 벌을 받을 차례니까.

그래, 천벌은 내가 아니라 저 사람들이 받아야 하는데도 신의 벌은, 그 저주는 내게 왔다. 여전히 모르겠다. 어째서 내가 저주를 받아야 했는지.

속마음은 일반적인 말소리와는 조금 다르게 들려왔다. 목욕탕 안에서 울리는 말소리처럼 웅웅대며 귓속을 파고들었다. 처음에는 도대체 어디서 들려오는 건지 알 수 없었다. 엄마 아빠의 장례식장에서 나는 눈물을 닦는 대신 귀를 틀어막아야 했다. 그런 나를 보며 사람들은 너무 큰 충격에 내가 미친 걸지도 모른다고 했다.

할머니는 나를 기다려 준 유일한 사람이었다. 모두가 나를 보며 안쓰럽다고, 불쌍해 죽겠다고 마음에도 없는 가식을 떨 때도 할머니는 묵묵히 내 옆을 지켰다.

정신 차리라, 정길순이. 니 아니모 저 어린것 혼자 우예 살 끼고. 죽은 자식은 가슴에 품고 살아야 한데이. 하모, 살아야지. 우리 찬이, 내 새끼, 무슨 일이 있어도 내가 고마 지킬라 카니까.

장례식 내내 할머니는 나를 보며 마음을 다잡았다. 한순간에 자식을 잃고 행복을 떠나보낸 할머니는 나 때문에 무너질 수 없어 견디고 또 견디었다.

하. 무슨 말을 하겠노. 내가 무슨 낯짝으로 가를 본단 말이고.

다시 깊고 짙은 한숨 소리가 내 시선을 이끈다. 기차가 멈추자 아저씨의 얼굴은 긴장으로 하얗게 질린다. 아저씨는 벌을 받아 마땅한 사람이다. 나는 그 벌이, 신의 분노가 섞인 무섭고도 잔인한 벌이기를 바란다.

"아이고, 고마브서 우야노."

아저씨를 지켜보느라 기차에서 할머니가 내린 걸 미처 보지 못했다. 뒤늦게 일어나 다가가자, 짧은 단발머리를 한 여자애가 할머니 시장바구니를 대신 내려 준다.

"이래 무거분 걸."

"아니에요. 저 힘 엄청 세거든요."

여자애는 살갑게 할머니에게 미소를 보인다. 그 옆으로 그 애 몸만 한 캐리어 하나가 놓여 있다.

가방, 그리고 열일곱 여자애.

곧장 고개를 돌려 아저씨를 바라본다. 아저씨가 그토록 두려워 하던 벌이 저 애일지도 모른다는 생각이 스치자, 확인을 해야겠 다는 마음에 여자애 앞으로 한 걸음 다가선다. 그 순간,

삐———

휘청거릴 만큼 갑작스러운 이명이 찾아온다. 그리고…….

이상하다. 도저히 뭐라 표현할 수 없는 낯선 고요다. 분명 요란 한 기차 엔진 소리도, 할머니 목소리도 다 들리는데, 알 수 없는

적막이 사방을 뒤덮는다.

"아이고, 찬아! 개안나? 야가 와 이라노."

내가 휘청거리자 여자애가 내 팔을 부축한다.

"괜찮아요?"

여자애와 눈이 마주치고 나서야 내게 무슨 일이 벌어진 건지 깨닫는다.

어떤 속마음도 들리지 않는다.

눈을 빤히 들여다보아도 똑같다. 여자애는 물론이고 남 경사 아저씨의 속마음도, 웅얼웅얼 들려왔던 다른 사람들의 속마음도 모두 들리지 않는다.

오 년 전 그날. 그 일이 있기 전 평범했던 날들처럼, 다른 사람에게 들리지 않는 것들이 내게도 들리지 않는다는 사실에 온몸에 소름이 돋는다. 도대체 무슨 일이 벌어진 거지? 내게 일어난 일을 이해하기도 전에 여자애가 한 걸음 두 걸음 멀어지고, 다시 모든 게 원래대로 돌아오고 만다.

"진짜 개안나?"

"응. 괜찮아, 할머니."

"내일 당장 병원부터 가 보자. 그라니까 뭐 할라꼬 나왔노."

할머니는 손수건으로 내 이마의 땀을 닦는다. 할머니를 앞에 두고 내 시선은 온통 여자애에게로 향한다. 그런 내가 이상했는지 할머니가 내 시선을 따라 고개를 돌린다.

"저거 남 경사 아이가?"

아저씨가 손을 이러지도 저러지도 못한 채 안절부절 여자애를 맞이한다. 뒷모습만 보여서 어떤 표정을 짓고 있는지 알 수 없지만 한 가지 확실한 건, 그 여자애가 아저씨의 천벌이 분명하다는 거다. 아저씨를 꼼짝하지 못하게 만들고 식은땀을 흘리게 만들며 밤잠을 설치게 만들 존재라는 사실이.

하지오

이곳의 유월은 아침마저 미지근한 바람이 불어왔다. 연둣빛 잎들과는 전혀 어울리지 않게 끈적하고 찝찝하다 싶더니, 아니나 다를까 바람결에 마을 사람들의 기분 나쁜 목소리가 들려왔다.

"쟈는 누꼬?"

"남 경사 집에 왔다 카데."

"아이고, 싹수 봐라. 인사하면 모가지가 뿌라지는 줄 아는갑지?"

"냅두소, 성님. 외지인이 다 글치."

앞담화를 당해 본 사람은 뒷담화가 얼마나 배려 있는 욕인지 알게 될 거다. 암, 뒷담화가 훨씬 낫지. 어떻게 사람을 뻔히 앞에 두고 욕을 하냐고!

여기 사람들은 한여름 날 에어컨 없는 방에 갇힌 사람들처럼 신경질적이다. 다들 예민하고 날카로운 게, 안 그래도 더워 죽겠는데 유일하게 있는 선풍기마저 고장 나 화가 난 사람들 같다.

그중에서 제일 열받는 건 뭐니 뭐니 해도 '그 아저씨'다. 엄마도 알고 있었을까? 아빠라는 사람이 경찰인 거.

무려 경찰이었다. 그렇게 나쁜 짓을 한 사람이 경찰이라니 말이 되냐고. 열일곱에 덜컥 엄마가 된 엄마가, 뭘 어떻게 해야 할지 몰라서 나를 안고 엉엉 울던 그 수많은 밤에, 그 사람은 공부를 해서 경찰이 됐다니. 인생이 역겹다는 생각이 들었다.

아저씨가 기차역에서 했던 말이 잊히지가 않는다. 집에서는 이렇게 큰 딸이 있는 거 모른다고, 당분간 비밀로 해 달라고 했던가. 결혼한 아내가 임신 중인데, 혹시라도 너무 놀라서 배 속 아기까지 다칠까 봐 걱정된다고 했던가. 시간을 좀 달라고 했던 거 같기도 하고.

하! 웃기지도 않네. 지금 생각해도 피가 거꾸로 솟는다. 그래도 그 말 같지도 않은 말에 내가 한 대답은 썩 마음에 들었다.

"엄마랑 저 버릴 땐 시간 주고 버리셨어요?"

지금 생각해도 진짜 완벽한 대답이다. 좋아. 여기서 매일같이 날카로운 칼날을 가는 거야. 아빠라는 사람의 마음에 피를 철철 내고 상처를 짓무르게 할 날카로운 말들로다가 아주 쏙쏙 뽑아서 말이지.

진짜 억울했다. 나쁜 사람은 따로 있는데 왜 엄마가 아파야 하는지. 엄마가 아픈 건 아무리 생각해도 나 때문인 것만 같다. 혼자 날 낳고 키우느라 엄마 몸을 제대로 보살피지 못해서. 그 생각만 하면 당장 누구든 붙잡고 싸우고 싶어진다. 문제는 내가 원하든 원하지 않든 이 동네에서는 누군가가 늘 싸우고 있다는 거다.

여기 온 지 벌써 사흘이 지났다. 사흘 동안 내가 목격한 싸움만 자그마치 다섯 번이다. 그것도 그냥 애들이 투닥대며 싸우는 게 아니라 어른들이, 심지어 머리가 희끗한 사람들이 욕을 뱉고 소리치며 싸우는 것만 쳤을 때 말이다. 더 심각한 건 이런 일이 등교를 하는 아침에도 이어졌다는 거다. 그것도 내 첫 등교 날! 덕분에 내 좌우명에 금이 갈 뻔했지, 뭐.

내 좌우명으로 말하자면 이렇다.

'나대지 말자. 불의 앞에서는 더더욱!'

누가 들으면 뭐 그런 비열한 것도 자랑이라고 늘어놓느냐고 하겠지만, 운동을 하는 학생한테는 제법 그게 필요하다. 그것도 유도를 하는 학생이라면 더더욱.

겪어 보지 못한 사람은 절대 모른다. 유도를 한다고 하면 제일 많이 듣는 말이 싸움 잘하냐는 말이다. 일대일로 붙으면 이길 수 있냐는 말은 덤이고, 이유도 없이 온갖 시비에 휘말리기도 한다. 그러니 비열이고 나발이고, 할 수 있으면 눈을 찔러서라도 못 본 척 조용히 살아야 한다. 다행인 건 내가 여기에 소질이 좀 있다는 거다.

그러니까 백 킬로그램도 넘어 보이는 덩치가 오십 킬로그램도 안 나가 보이는 중학생의 멱살을 잡고 흔들어도 아무렇지 않게 지나갈 수 있다는 뜻이다. 바로 지금처럼.

"니 내가 분명히 경고했제?"

환장하겠는 건 아무리 보고 다시 봐도 덩치 뒤로 보이는 학교 이름이 '번영중고등학교'라는 거다. 괜히 입방아에 오르내리지 않고 조용히 살기 위해서는 첫날부터 지각을 해서 좋을 게 하나도 없다. 그러려면 저 덩치가 길을 내줘야 한다는 건데…….

"행님, 이것 좀 놔주지요. 내 진짜 학교 가야 된다. 늦으면 죽는다. 아, 제발!"

"와, 이 새끼 이거, 학교는 가고 싶나?"

두 손을 모아 싹싹 비는 중딩의 간절한 외침에 비아냥이 돌아왔다. 내가 나서서 뭐라도 하지 않으면 저 불쌍한 중딩을 뉴스에서 보게 될지도 모른다는 생각이 스쳤다. 경찰이라도 부를까? 주머니에 든 휴대폰을 만지작거리며 고민에 빠졌다.

정신 차려, 하지오. 네가 뭔데 나대. 네 코가 석 자다. 아니, 지금 코가 문제가 아니라 물에 빠져 죽기 일보 직전이야. 그리고 경찰은 불러서 뭐 하는데? 이 동네 경찰이 그 사람이라잖아. 경찰 수준 보면 답 나오지. 신고 하나로 뭐가 달라지기나 하겠어?

그래도…… 중딩이 너무 불쌍하잖아. 덩치 차이를 봐. 근육은 왜 저렇게 많은데. 어우, 저 팔뚝 봐.

"그르취!"

여긴 미친 동네가 분명하다. 덩치가 한순간에 중딩을 번쩍 들어 올려 어깨에 짐짝처럼 매달자 중딩이 으악, 소리를 질렀다. 그런데도 동네 사람들은 걱정은커녕, 되레 좋아하고 있었다. 차를 길가에 세워 놓고 엄지를 번쩍 들어 올리는 아저씨가 있질 않나, 미용실 앞에서 웃어 젖히는 아줌마가 있지 않나. 학교에는 들어가지도 않은 채 카운트다운이나 세고 자빠진 학생들까지 있었다.

그때 그 애가 나타났다.

확실히 기억났다. 기차역에서 봤던, 무슨 할 말이 있는 것처럼 자꾸만 날 쳐다보던 그 남자애다. 뭐랄까, 비를 쫄딱 맞고 벌벌 떠는 새끼 고양이 같았다고나 할까. 이상하게 마음 쓰이던 녀석이었다.

그 애가 뚜벅뚜벅 걸어와 덩치 앞에 척, 하고 섰을 때 나도 모르게 입을 틀어막아야 했다. 덩치가 그 애를 사정없이 내리꽂을 것만 같아서다. 하지만 내 예상은 코털만큼도 맞지 않았다.

"들어가야 하는데요."

"아, 찬이가. 그래. 미, 미안타. 공부해야 되제."

그냥 그게 끝이었다. 덩치는 당황한 기색으로 한 걸음 뒤로 물러나 중딩을 내려놓았고, 그사이 중딩은 잽싸게 달려가 그 애 옆에 찰싹 붙었다.

"햄아, 같이 드가자."

뭐야, 대체. 눈앞에서 일어난 일이 믿기지 않아 몇 번이고 눈을 비벼야 했다. 비실거리면서 할머니 장바구니 하나 못 받던 녀석이 근육남을 말로 싹 제압해 버리다니.

대체 뭐지? 이 지역의 유지거나 엄청 부자거나 그것도 아니면 이 동네 조폭 두목의 비실비실한 범생이 아들 같은 걸까.

내가 두 눈을 의심하는 사이, 구경하던 아저씨는 차에 시동을 걸고 제 갈 길을 갔고, 아주머니는 다시 미용실로 들어갔다. 학생들도 쪼르르 학교로 들어갔고, 교문 앞에 나만 우두커니 서 있었다. 마치 아무 일도 없었다는 것처럼 말이다!

번영중고등학교.

그 글자 앞에서 나는 휑한 바람이 부는 운동장을 바라보았다. 어쩐지 거길 들어가면 안 될 것 같은 느낌이 들었다.

하……. 그대로 튀었어야 하는 건데. 더 이상은 말하고 싶지도 않다. 그 뒤로 나한테 일어난 일이 너무 복잡해서 머리가 터질 것 같으니까.

왜냐고? 그 조폭 두목 아들인지 재벌집 아들인지 모를 그 애가 나랑 같은 반이고, 거기다가 내가 그 애한테 해서는 안 될 짓까지 저질렀기 때문이다. 하. 다시 그 짜증 나는 순간이 생각나려고 한다. 이런 씨…….

유 찬

"찬아."

문제를 푸는데 누군가 내 책상을 똑똑 두드린다. 올려다보니 담임이 에어팟을 빼라는 시늉을 해 보인다.

"전, 학, 생."

이어폰을 뺄 생각만 해도 머리가 지끈거리지만 모든 시선이 내 귀에 닿아 있으니 별수 없다. 이어폰을 빼내자 기다렸다는 듯 소음들이 왈칵 몰려든다. 나도 안다. 지금 교실은 전학생을 궁금해하는 아이들로 조용하다는 걸. 하지만 내 귀는 다른 이들과 다르다.

놀이공원이나 노래방 안에서 울려 퍼지는 소음처럼 수십 개의 마음의 소리들이 웅웅거리며 내 귓속으로 몰아닥친다. 시끄러운 말소리에 인상이 찌푸려진다. 그러다 선생님과 함께 서 있는 여자애가 누군지 알아차리는 순간 등줄기에서부터 온몸으로 긴장이 퍼진다.

"자, 보다시피 우리 반에 전학생이 왔다. 그냥 전학생이 아이고 유도부다, 유도부. 야가 서울에서 유도를 억수로 잘해 뿌가 우리 정주, 그중에서도 번영을 빛내러 왔다, 이 말이다. 그라니까 느그들 알아서 잘하길 바란다. 거, 우리 유도부 이름이 뭐라 캤노?"

칠판에 떡하니 '하지오'라고 적어 놓고도 담임은 전학생에게 이름을 묻는다.

"하지오요."

"어, 하지요. 뭘 한다고 이름이 하지요고? 뭘 마이 하는가베."

담임의 말에 몇몇이 웃음을 터트린다.

"하지요가 아니고 하지오인데요."

전학생이 칠판을 가리키며 다시 한번 말한다. 담임은 칠판을 쓱 보더니 정정한다는 듯 손을 들고 말하지만 발음에 별 차이는 없다.

"아, 그래. 하지요. 저 가서 앉아라."

와, 싸움 잘할란가.

조져 뿟네. 서울에서 전학 온다 해가 기대했드만 유도부가.

시끄러운 속마음들이 다시 뒤섞여 들려온다. 당장이라도 귀를 틀어막고 싶어지는 쓸데없는 말들 투성이다. 속마음이 들린 뒤로 가장 곤혹스러운 장소를 꼽으라면 단연 교실이다. 좁은 공간에서 수많은 소리를 고스란히 듣는 일은 생각보다 끔찍한 일이니까.

전학생은 담임의 발음을 포기한 듯 고개를 꾸벅 숙이고 뚜벅 뚜벅 몸을 움직인다. 유도부치고는 몸집이 작은 것 같다는 생각을 하다가, 그게 나랑 무슨 상관인가 싶다. 그나마 전학생이 빠르게 움직여 줘서 다행이다. 인사가 끝났으니 이제 에어팟을 끼고 이 끔찍한 소음들에서 벗어나고 싶은 마음뿐이다. 온갖 말소리를 듣는 것보다 한 가지 음악 소리를 크게 듣는 게 훨씬 나으니까.

툭.

너무 서둘러 에어팟을 꺼냈나 보다. 에어팟 한쪽이 바닥으로 떨어지고, 그걸 전학생이 밟아 버린다. 순간 짜증이 솟구쳐 신경질적으로 전학생을 보고 만다.

전학생은 발 아래 느껴지는 에어팟의 감촉에 한 번, 그리고 내 얼굴에서 또 한 번 멈칫한다. 당황한 얼굴로 '헉' 소리를 내던 전학생이 빠르게 발을 치우고 에어팟을 줍더니 내 손 위에 올려놓는다. 그리고 그 순간,

고요가 찾아온다.

갑작스러운 고요에 멈칫, 곧이어 귀에서 삐— 이명이 울려 온다. 온갖 소음들로 섞여 있던 공간은 침묵 속에 "미안."이라는 그

아이의 선명한 목소리만 남는다.

그 짧은 순간이 믿어지지 않을 만큼 영원같이 느껴져 그 아이가 내 옆을 스쳐 가고, 다시 소음이 들려오기까지 나는 아무것도 할 수가 없다.

나에게 일어난 이상한 일이 두 번이나 저 아이와 관련이 있다. 그 생각이 스치자 한 번 더 확인하고 싶어진다. 내가 성큼 다가서자, 그 아이의 눈이 휘둥그레진다.

"왜, 왜? 이어폰 고장 났어?"

"어."

그 아이가 경악스러운 표정으로 나를 올려다본다. 소리는 영원히 멈추고, 온전히 그 아이와 나의 시간으로 남는다.

하지오

일 십 백 천 만 십만…… 십만? 삼십만 원이라고?

내가 처참히 밟아 버린 그 녀석의 에어팟 가격이 삼십만 원이라는 걸 알았을 때, 나는 윙윙 돌아가던 선풍기가 녀석의 바짓자락이라도 되는 듯 부여잡고 소리쳤다.

으아아아아.

아니야. 정신 차려, 하지오. 방법이 있을 거야. 하늘이 무너져도 솟아날 구멍이 있다는데 암, 그렇고 말고. 그래, 당근! 당근이 있었지!

서둘러 당근마켓을 열어 보다가 눈을 의심해야 했다. 에어팟은커녕 중고 휴대폰도 없었다. 경운기, 엔진 분무기 사이에서 더이상 뭘 바라겠냐고. 머리가 하얘진다는 게 이런 걸까. 초조하게 손가락으로 책상을 두드려 보고 손톱을 깨물어 봐도 답이 없다.

분명 얼마 전까지만 해도 엄마가 아픈데 하나밖에 없는 딸이 떨어져 지내는 게 옳은 일인지, 아픈 엄마에게 내가 '짐'이 되는 건 아닌지 고민이었다. 근데 이제는 당장 이곳 번영에서 어떻게 살아야 할지 앞길이 캄캄한 내 삶과 더불어 무지막지하게 비싼 에어팟까지 문제다.

겁나게 비싸다. 그 조그만 게 뭐가 이렇게 비싸냐고. 진짜 울고 싶다. 아픈 엄마에게 삼십만 원이나 되는 돈을 달라 할 수도 없고, 생전 처음 본 그 빌어먹을 아빠인지 뭐지라는 사람에게 그럴 수도 없는 노릇이다. 그냥 그 애한테 너도 잘못한 게 있지 않냐, 그러게 왜 그걸 떨어트려서 문제를 만드느냐고 뻔뻔하게 들이대 볼까. 아니면 일 년 동안 청소를 대신 해 주거나 숙제를 해 주는 걸로 퉁쳐 볼까 싶기도 했지만 깡패나 다름없던 덩치를 제압하던 그 장면이 잊히지 않는다.

더 놀라운 건 그 자식이 무려 전교 일 등이라는 거다. 그것도 수업 시간에 이어폰을 꽂고 혼자 다른 공부를 해도 누구 하나 건드리지 않는 일 등이란다. 아니, 그래 봤자 지가 학생이지, 무슨 학생이 수업 시간에 혼자 다른 공부를 하고 앉아 있느냐고 투덜대 봤지만, 그 자식이 지난 오월 모의고사 때 전국 삼 등을 하고 경상도를 통틀어 일 등을 했다는 이야기를 들음과 동시에 입을 꾹 다물어야 했다. 번영중고등학교 오십 년 역사상 유례없는 수재라나 뭐라나.

그 말인즉, 내가 그 녀석 대신 숙제를 해 준다고 한들 놈의 성에 찰 리가 없다는 뜻이겠지. 아, 미치겠다. 나한테 왜 이런 시련이 닥친 걸까. 신은 양심이라는 게 있기는 한 걸까. 지금 내가 할 수 있는 일이라고는 무작정 그 녀석을 피해 다니는 게 전부다. 그나마 다행인 건, 내가 유도부라 마음만 먹으면 녀석을 피하는 게 그리 어렵지는 않다는 거다. 문제는 유도부 역시 엉망진창이라는 거지만.

올림픽 메달리스트라던 그 코치? 전학 첫날엔 만나지도 못했다. 그래서 오늘은 만났느냐고? 체육관 앞에서 간신히 만나긴 했다. 뭐, 차라리 만나기 전이 훨씬 좋았지만 말이다.

"뭐꼬?"

"안녕하십니까. 이번에 전학 온 하지오입니다. 열심히 하겠습니다."

"아— 전학생. 이바구 들었다. 그기 오늘이었나."

"아니요. 어제였는데요."

"으잉, 어제였나."

"네. 그, 어제는 코치님이 안 계셔서……."

"그래, 그래. 내가 어제는 너무 바빠가. 가만있어 보자, 우리 전학생 이름이?"

"하지오입니다."

"응. 하지오. 우리 지오는 집이 좀 사는가?"

"네?"

태어나서 이렇게 대놓고 물욕적인 사람은 처음 봤다. 학생한테 집이 잘사느냐는 질문은 왜 하는 건데? 우리 집이 부자든 가난하든 뭔 상관이냐고. 집이 부자면 업어치기를 더 잘하나? 유도하는 데 그게 왜 궁금하냐고 물으려다가 참았다. 눈을 얼마나 반짝이며 묻던지, 순간 거짓말이라도 잘산다고 해야 하나 싶을 정도였다.

"아……니요."

"몬사나?"

아주 먹고 죽을래도 없어요, 왜요?

"그런 편인데요."

그때 코치님 얼굴이 얼마나 실망감으로 가득 차던지, 콧구멍에서 실망의 콧김이 뿜어져 나오는 게 눈에 보일 정도였다.

"그래. 쩝, 그라믄 드가서 일 봐라."

"저 혼자요?"

"그믄 뭐 얼라도 아이고, 훈련하는데 쌤이 일일이 따라다닐까."

"아닙니다. 훈련하겠습니다. 근데 코치님은 어디 가세요?"

"내? 나는 그으읍한 일이 있어가. 드가서 이 학년 이새별 찾으면 된다."

그렇게 코치님은 주머니에 손을 넣은 채 동네 한량처럼 떠났다. 학교 운동장에서 불어오는 모래바람에 뿌옇게 변한 코치님의 뒷모습을 보며 나는 한쪽 입술만 삐죽 들어 올린 채 눈을 흘겼다.

그럼 그렇지. 인터넷에 검색해 보니, 엄마의 말과 달리 이 학교가 이름처럼 유도로 번영하던 건 십팔 년 전의 일이었다. 즉, 무려 십팔 년 전부터 쭉 내리막을 걸어왔다는 뜻이다. 십팔 년! 아주 입에 착착 붙네, 붙어.

코치님이 말한 새별 선배를 찾는 건 어렵지 않았다. 체육관에 들어가자마자 한 번에 그게 누군지 알 수 있었으니까.

"새별아. 내 되치기 좀 봐 도. 받다리는 되는데 모두걸기가 안 된다."

새별 선배는 키가 크고 빼빼 마른 남자였다. 머리가 온통 땀에 젖어 있었는데 모두들 그 선배만 찾았다. 이 유도부가 그나마 명맥을 유지하는 이유가 저런 사람이 있어서겠구나, 싶었다. 멀뚱히 서 있는 날 가장 먼저 알아본 사람도 새별 선배였다. 다른 사람들? 내가 무슨 먼지나 되는 것처럼 본체만체했다.

"전학생이제?"

"네."

"저기가 여자 로커룸이다. 가서 옷 입고 온나. 코치님은……."

"방금 만났어요."

쏠쏠한 내 표정을 읽었는지 선배가 씨익 웃으며 고개를 끄덕였다. 몸풀기부터 시작해 훈련 내내 모든 일들이 새별 선배를 중심으로 돌아갔다. 부원은 열 명 정도였는데 일 학년은 날 포함해서 두 명뿐이었다. 다행히 여자애였는데, 문제는 걔가 좀…… 이상하다는 거다.

훈련을 하다가 느낌이 이상해서 돌아보면, 손으로 망원경을 하고 날 보고 있었다. 그것도 바로 코앞에서! 그러더니 손가락 두 개로 자기 눈을 가리키고는 나를 가리켰다. 아, 이게 말로만 듣던 텃세라는 거구나, 온몸으로 느낄 수 있도록 말이다.

무시하자. 모른 척하자. 텃세쟁이들은 무시가 답이다. 내 앞가림 하기도 바빠 죽겠는데 하릴없는 애까지 상대하지 말자. 마음을 다잡고 훈련만 했다. 지긋지긋하던 훈련이 여기서는 내 유일한 보호막이 된 셈이다.

한창 훈련 중인데 새별 선배가 내 어깨를 툭툭 쳤다. 무슨 일인가 싶어 돌아보니, 선배가 턱짓으로 한쪽을 가리켰다.

"오 분째 저라는데. 우째 좀 해 봐라."

처치 곤란한 표정의 선배를 따라 고개를 돌리다 나도 모르게 입술을 질끈 깨물었다. 그 여자애가 나한테 손가락 하트를 계속 날리는 중이었으니까. 대체 뭐 하자는 거냐고. 내가 빤히 바라보니 엄지랑 검지로 총 모양을 만들고는 나를 향해 쏘기까지 했다. 뭐지? 암살 예고, 뭐 그런 거였을까? 그래 놓고 수줍은 듯 웃기까지 했다. 좀 전까지 지켜보고 있다는 경고를 날려 놓고는 이건 또 무슨 전개냐고.

"아씨, 배고파서 몬 하겠다. 새별아, 코치님 몇 시에 온다드노?"

다섯 시가 넘자 삼 학년 선배들부터 하나둘 불만이 터져 나오기 시작했다. 새별 선배는 이런 상황이 익숙하다는 듯 웃기만 했다. 그때 상준 선배가 로커룸에서 짐을 챙겨서 나왔다. 덩치가 곰처럼 큰 선배인데 이 학교 에이스라고 했다.

"개인 훈련 간다. 코치님 오면 알아서 말해라."

상준 선배의 말 한마디에 다른 부원들도 슬그머니 훈련을 정리하기 시작했다. 대박이다. 보통 아무리 일찍 끝나도 일곱 시까지는 훈련하는 게 국룰 아닌가? 야간 훈련 안 하는 것만으로도 땡큐인데 다섯 시면 훈련이 끝나다니.

평소 같았으면 만세를 부르며 뛰어나갔을 텐데, 짜증 나는 건 내 삶이 팍팍해졌다는 거다. 훈련이 끝나 봤자 갈 곳이 없었다. 다시 그 집에 들어갈 생각만 해도 구역질이 날 것 같았다.

"선배님은 안 가세요?"

"내는 좀 더 할라고."

"그럼 저도 더 해도 돼요?"

새별 선배가 땀을 닦다 말고 날 바라봤다. 남아서 훈련을 더 한다는 사람은 처음 봤겠지. 나도 내가 놀라운데 오죽하겠어.

"당연히 되지."

가만 보니 새별 선배는 훈련 시간 내내 다른 사람들을 돕다가 혼자 남았을 때야 제대로 된 훈련을 하는 것 같았다. 매일 남아서 이렇게 연습했던 걸까. 선배를 보고 있자니 기분이 이상해졌다. 분명 숨이 턱까지 차 힘들 텐데도 선배의 얼굴에는 힘들어 죽겠다는 흔적이 어디서도 보이지 않았다. 그보단 오히려…… 즐거워 보였다. 나도 저렇게 훈련했던 적이 있었던 것 같은데…… 정신 차려, 하지오. 무슨 생각 하는 거야. 나한테 유도는 딱히 할 게 없어서, 할 수 있는 게 이것뿐이라서 차마 놓지 못하고 질질 끌고 가는 존재일 뿐이다.

일곱 시 반이 넘어갈 때쯤 코치님이 문을 열고 체육관으로 들어왔다.

"니 뭐꼬?"

"네? 저는 새로 전학 온……."

"아니, 그걸 묻는 기 아이고, 내도 없는데 와 안 튀고 아직까지 훈련 중이냔 말 아이가."

뭐 이딴 질문이 다 있지? 훈련을 하라고 해 놓고, 훈련을 하고 있다고 혼내는 상황이라니. 죄송하다고 해야 하는 거야, 뭐야.

"뭐, 금메달 따게?"

"아니요. 그럴 생각은 없는데요."

너무 솔직하게 대답했나. 코치님 미간에 주름이 선명히 잡혔다. 그것도 '지금 몹시 언짢음'이라고 적힌 주름이.

"여기 선배님도 계속 훈련을 하고 있고 그래서……."

"놀래라. 난 또 진짜 유도 할라 카는 아 들어온 줄 알았네."

뭐야, 진짜. 놀라는 거야, 안심하는 거야? 심지어 코치님 몸에서 술 냄새까지 났다. 얼씨구. 훈련 빼고 갈 만큼 그으읍한 일이 있다더니, 그게 술이라 이거지?

뭐, 정주가 유도의 고장이라고? 유도의 고장 같은 소리 하고 있네. 월급 루팡의 고장이겠지. 아님 농땡이의 고장이거나. 여기 이 유도부는 폐업 직전의 망해 가는 식당 같았다. 식당 주인도 더 이상 손님을 받을 생각조차 하지 않는, 그런 곳 말이다.

"니, 내가 혹시나 해서 하는 말인데, 새별이 따라 할 생각이모 애초부터 관둬 뿌라. 새별이는 니 같은 풋내기가 따라 할 수 있는 선수가 아니에요."

풋내기라고? 코치님이 나에 대해 아는 게 뭐가 있다고 날 풋내기 취급하는 거지? 술 냄새나 풀풀 풍기는 주제에.

"인자 대충 정리하고 밥이나 무러 가자. 어우, 오랜만에 막걸리 때렸드만 속이 다 부대끼네. 느그 국밥 괜찮제?"

"네!"

새별 선배는 이것마저 익숙한지 씩씩하게 대답했다. 나 역시 고개를 끄덕였다. 뭐 어쩌겠냐고. 따라가야지. 집에서 숨 막히게 아줌마가 차려 주는 밥 먹는 것보단 백배는 나을 테고, 내 배 속 장기들은 자기네를 굶겨 죽일 거냐며 아우성치고 있었으니까. 그렇게 체육관을 나가는데,

"으아아아아!"

심장이 멎을 뻔했다.

왜냐면, 그 녀석이 서 있었기 때문이다. 맞다. 비싼 에어팟 주
인. 내가 온종일 피해 다니던 유찬, 그 자식 말이다.

유 찬

"이게 누꼬. 전교 일 등이 유도부에는 뭔 일이고?"

유도부 코치님 입에서 술 냄새가 풍긴다. 여기 사람들은 쉽게 손가락질을 하며 싸우고 그 싸움 횟수만큼 쉽게 친해진다. 매일 밤 마을 어디선가는 고성이 오가고, 다른 한편에서는 술잔이 오르내리는 잔치가 벌어지는 곳이니까.

"전학생한테 볼일이 있어서요."

내 말에 코치와 새별이 형이 어리둥절해한다. 놀란 건 두 사람만이 아닌 듯했지만.

"인마 유도분데?"

"알아요."

"그래? 쓰읍, 전교 일 등이 유도부한테 뭔 볼일이 있을란고? 궁금하긴 허지만 묻는다고 대답해 줄 것 같지도 않고. 그래 마, 데꼬 가라."

코치님이 한쪽 어깨를 비키자, 토끼 눈을 한 하지오가 보인다. 내가 한 걸음 다가가면 금방이라도 도망갈 준비를 한 채로.

"아, 안 돼요. 코치님!"

"안 된다니?"

"어, 그러니까……."

지오가 코치님의 옷자락을 슬쩍 잡아끌고 작게 속삭인다.

"전 여자고 지금은 밤이잖아요. 이렇게 깜깜한데 저보고 쟤를 따라가라고요?"

"뭔 소리고. 일곱 시 반밖에 안 됐는데. 아직 환하구만."

"아, 이제 어두워지잖아요!"

"니 유도 하잖아. 쟤는 공부만 해서 니가 업어치기 함만 하면 바닥에 메다꽂힌다. 걱정 마라."

"저 유도 못해요. 초등학교 이후로 한 번도 잘한 적 없어요."

"자랑이다. 그래 몬하면서 유도는 뭐 할라고 하노?"

"아 코치님, 제발요."

"제발 뭐."

"저, 진짜로……."

"진짜 뭐."

"진짜…… 진짜 저 배, 배고파요!"

그 아이 말에 새별이 형이 풉 웃음을 터트리고, 나는 형의 웃음이 불편해진다.

"배고프다꼬? 그라모 안 되지. 마, 가자. 국밥 무러."

코치님의 선언 같은 외침에 새별이 형이 뒤를 따른다. 지오 역시 내 눈치를 한번 살피고는 얼른 그 뒤를 따른다. 내가 유도부 회식까지 따라가지 않을 거라 생각하는 듯 보였지만 이대로 저 아이를 놓치면 안 될 것 같다.

하지오에게 확인해야 할 게 있다. 저 애와 함께 있으면 다시 예전처럼 평범해질지도 모른다는 생각이 들었기 때문이다. 문제가 있다면, 내가 저 아이를 원하는 만큼 저 아이는 나를 피하고 있다는 거다.

"저도 가도 되죠?"

내가 성큼 다가서며 묻자 지오의 얼굴이 구겨진다. 속마음은 들리지 않지만, 미간에 힘을 주고 배꼽 언저리에 두 손을 꼭 쥔 채 코치님을 간절히 바라보는 것으로 지오가 무슨 생각을 하는지 훤히 알 수 있다.

"그래라."

"아흑."

코치님의 말에 지오는 세상의 모든 좌절을 맛본 듯 어깨를 구부린다. 하지오는 나를 한번 흘겨보고는 씩씩대며 앞으로 나가고, 나는 지오의 가방을 잡아끌고 말한다. 멀어지지 마, 라는 말 대신,

"같이 가."

라고.

*

"자, 집 가서 동생들 줘라."

코치님이 새별이 형에게 포장된 국밥을 건넨다. 새별이 형한테 부모님이 계시지 않다는 걸, 지켜야 할 동생이 두 명이나 있다는 걸 알고 있어서겠지.

"고맙습니다."

그 모습에 지오가 코치님을 빤히 쳐다본다. 이번에도 무슨 생각을 하는지 잔뜩 써 놓은 얼굴로 말이다.

"뭐, 뭐?"

"제 건 없나요?"

"니도 국밥 포장해 달라고?"

고개를 부지런히 끄덕이는 지오를 향해, 뭐 이런 애가 다 있느냐는 듯 위아래로 훑던 코치님이 내게도 묻는다.

"니도 필요하나?"

"아니요."

"아지매! 여 국밥 하나 포장 더 해 주소. 아따, 요새 아들은 뭔 국밥도 잘 묵노."

코치님과 달리 지오의 얼굴은 제법 환하다.

그러고 보니, 식당에서 음식을 먹은 건 초등학교 이후로 처음이다. 속마음이 들린 뒤부터 밖에서는 도무지 밥을 먹을 수 없었다. 학교 급식도 먹지 않는 나로서는 얼마 만의 조용하고 평화로운 식사였는지, 이제는 기억도 나지 않을 만큼 까마득하다. 밥먹는 내내 지오의 얼굴은 누군가에게 협박이라도 당하는 것처럼 불편해 보였지만.

"근데 전교 일 등, 니는 전학생한테 볼일 있다 카드만 와 아무 말도 안 하노?"

"둘이서만 해야 할 말이라서요."

"오— 그래? 허허, 이거 참. 가만있어 보자, 그라믄 우리가 자리를 비키 주야겠네."

코치님이 새별이 형과 마주 보고는 허허허 실없는 웃음을 터트린다. 눈썹을 실룩이는 게 영 께름칙했지만, 자리를 피해 준다는 말은 반갑다.

"전교 일 등이, 니 잘 생각해래이. 막말로 야는 지 입으로 유도 몬한다고 양심 고백을 했으니까 벨로 손해 볼 끼 없는데, 니는 공부 옥수로 잘한다 아이가."

"네?"

"공부에는 연애가 별로 도움이 안 된다, 이 말이다. 안 글나, 새별아?"

불쾌하게 껄껄 웃어 대던 코치님이 새별이 형 어깨에 팔을 걸

치고는 슬그머니 자리를 뜬다.

코치님과 새별이 형이 어느 정도 멀어지자, 하지오는 전속력으로 달릴 준비를 한다. 누가 봐도 튀려는 게 분명해 가방을 덥석 잡아끈다.

"왜 이래! 이거 놔."

"어디 가려고?"

"가긴 내가 어딜 가!"

지오의 눈을 오래도록 바라보아도 똑같다. 여전히 아무것도 들리지 않는다. 도대체 이 아이는 뭐지. 나한테 뭔가가 일어나고 있는 것처럼, 하지오에게도 뭔가가 일어나고 있는 걸까.

"좋아. 좋다고. 보아하니 내가 먼저 말하길 기다리는 눈치인데, 오케이. 그 에어팟 비싼 거 나도 알아. 프로더라, 그거? 내가 밟았으니까 당연히 물어 줘야지. 근데 당장은 힘들어. 아, 이건 네가 내 배를 가른다고 해도 똑같아."

횡설수설 떠드는 지오를 가만히 내려다본다. 무슨 이야기를 하는 건가 싶다가, 어제 부서진 에어팟이 떠오른다.

애초에 다른 사람 속마음을 듣지 않으려고 낀 이어폰이다. 하지오, 너랑 가까이 있기만 해도 다른 사람의 속마음 따위는 들리지 않으니, 이제 없어도 그만이라고 말해야 할까.

그러다 문득 이 아이가 남 경사 아저씨에게 얼마나 큰 벌인지 궁금해진다. 너로 인해 아저씨의 밤이 불편해졌는지, 하루가 끔찍히 길게 느껴지는지도.

"내가 지금 사정이 있어서 부모님이랑 떨어져 살고 있거든. 서울 살던 애가 시골 먼 친척 집에 얹혀산다는 게 어떤 의미인지 대충 감 오지? 자세하게 말하기 어렵지만 지금 상황이 좀 그래. 나 좀 있으면 용돈 받거든? 우선 그걸로 조금 갚을게. 물론 턱도 없는 거 알아. 나머지는 내가 알바를 해서라도 갚을게."

부모님과 떨어져 먼 친척 집에 와 있다고? 그건 남 경사 아저씨의 속마음과 다른 내용이다. 하지오는 남 경사 아저씨가 자신의 아빠라는 걸 모르는 걸까? 아저씨가 그 사실을 숨기고 있는 거라면, 친척이라고 거짓말을 해서까지 감추고자 하는 거라면, 이 모든 게 드러났을 때 아저씨가 겪게 될 혼란과 아픔이 얼마나 클까 상상해 본다. 생각이 여기까지 미치자 불덩어리 같은 감정이 솟구치지만 애써 삼켜 본다.

"여기 알바할 데 없어."

"없긴 왜 없어. 찾아보면…… 없긴 없겠구나."

지오가 어둠에 휩싸인 주변을 둘러본다. 빵집, 옷가게, 방앗간, 떡집, 철물점……. 번영에는 국밥집을 필두로 여덟 시면 문을 닫는 상점들뿐이다. 기껏해야 편의점과 마트만이 열 시까지 문을 여는 게 전부다.

쏴아아.

한낮의 더위가 무색하게 밤이 되니 제법 시원한 바람이 불어

온다. 소리만 들어도 나뭇잎이 얼마나 요란스레 바람에 흔들리는 지 느낄 수 있다. 어디선가 풀벌레 울음소리가 들려오고, 인적 끊긴 어둠 속 주황 불빛 아래 이 아이와 내가 서 있다.

"그래도 뭐, 찾아보면 알바할 데가 한 곳은 있겠지. 편의점이라 든가, 카페라든가, 고깃집도 있고."

"내가 널 어떻게 믿고?"

"못 믿을 건 또 뭔데."

"너 방금도 튀려고 했잖아."

내 말에 하지오의 눈이 빠르게 깜빡인다.

"그런 적 없는데."

"있는데."

"오해…… 응, 오해야."

"아닌 것 같은데."

귀가 새빨개지는 걸 보니 역시 거짓말을 잘하는 편은 아닌가 보다. 지오는 당황한 듯 고개를 숙이곤 잠시 생각에 빠진다. 무슨 생각을 하는 걸까. 다른 사람의 생각을 듣는 게 어느새 익숙해졌나 보다. 끔찍하게 느껴졌던 일인데 이 아이 앞에서는 아쉬움으로 다가온다.

"아, 진짜. 도대체 어쩌라는 거야."

생각보다 뻔뻔한 대답이 나와서 놀란다. 곰곰이 생각하던 것의 결과가 고작 이 정도라는 것에 실망스럽기까지 하다.

"내가 이렇게까지 사정하는데 못 믿겠다면 더 이상 뭘 어쩌겠어? 뭘 바라는지 모르겠지만, 좋아. 네가 하라는 대로 할게. 됐지?"

"……그럼 네가 내 이어폰 해."

"뭔 소리야."

"내일부터 학교 오면 내 옆에 앉아."

"뭔 개소리냐고."

"개소리 아니고, 나도 사정이 있어서 그래. 학교에서만이라도 내 옆에 있어 줘."

하지오의 눈동자가 작게 흔들린다. 이상하게 들릴 거라는 걸 알고 있다. 하지만 어쩔 수 없다. 설명할 방법이 없으니까.

"너, 설마…… 변태야?"

"뭐?"

"그럼 왜 옆에 있어 달래? 옆에서 뭐 하라고?"

"아무것도 안 해도 돼. 그냥 있어."

"싫다면?"

"그럼 쉬는 시간만이라도."

"내가 왜 꿀 같은 쉬는 시간을 너한테 써야 하는데?"

"사정이 있어서."

"그러니까 무슨 사정인데. 나도 그 사정의 정도를 알아야 딜을 할 거 아니야. 만약 네 사정의 사이즈가 내가 감당할 수 없을 정도면 난 받아들일 수가 없지."

"감당할 수 없는 사이즈가 어느 정도인데?"

지오는 또다시 깊은 생각에 빠진다. 미간 사이에 주름을 만들고 나를 의심스럽다는 듯 쳐다보면서.

"나 어제 아침에 봤거든."

"뭘?"

"네가 교문 앞에서 중학생 괴롭히는 깡패 같은 사람한테 뭐라고 하는 거. 혹시 모르잖아. 그 깡패 무리가 널 처리하러 학교로 온다든가 그럴지도. 나더러 쉬는 시간에 네 옆자리 지키면서 보디가드 노릇 하라거나, 나를 방패막이로 쓴다거나 그럴 생각이라면……."

"그럴 생각 아닌데."

"아니라고?"

"너 유도 못한다며. 네 입으로 아까 그랬잖아."

"아……."

"그리고 교문 앞에 있던 사람은 깡패가 아니라 동네 형이야. 저기 면사무소 옆 자두농장 집. 그 형한테 혼나던 애는 그 형 친동생이고."

"동생?"

"자주 그래. 나이 차이가 많이 나는 형제인데 주황이가 형한테 선 넘을 때가 많거든. 너도 이 동네 살 거면 그 정도는 알아

뒤. 형이 그렇게 생겨서 그렇지 착해. 한 다섯 번은 참다가 혼내
는 거야."

지오가 쩝 소리를 내며 허탈한 표정을 짓는다. 국밥집 불이 꺼
지자 주변이 더 어두워진다. 어둠 속에서 주변의 소리들이 더욱
선명하게 들려온다. 개구리 소리와 뻐꾸기 소리가 차례대로 들려
오고, 그 소리에 마음이 편안해진다. 무슨 일이 일어날까 두렵지
않고, 다른 사람의 듣고 싶지 않은 이야기를 듣지 않아도 되는
이 평범한 순간이 얼마나 놀랍도록 평화로운지 다시금 깨닫는다.

"그럼 뭔데? 나더러 옆에 있어 달라는 사정이라는 게 뭐냐고."

처음이다. 모든 걸 말하고 싶었던 건. 어쩐지 이 아이 앞에서는
솔직해져도 될 것만 같다.

"다른 사람한테는 안 들리는 소리가 들려."

"뭐?"

"다른 사람들이 어떤 생각을 하는지, 그 속마음이 들린다고."

하지오

독심술? 그건 TV에 나오는 마술사나 가능한 거다. 보통 사람들은 못 하는 거고. 솔직히 마술사가 하는 독심술도 다 트릭 아닌가. 그럼 보통 사람이 독심술을 한다고 하면 그건 뭘까?

뭐긴 뭐야. 사기지.

"또 개소리네. 헛소리 오브 헛소리 베스트 뽑냐? 아님, 뭐, 웃으라고 하는 말이야?"

"알아. 그렇게 들릴 것 같아서 말 안 하려고 했는데 솔직하게 말하는 거 말고는 다른 방법이 없어서."

"미친놈이네, 이거."

"못 믿으면 할 수 없고."

사기꾼이 뻔뻔하기까지 하다. 하긴 뻔뻔하지 않으면 사기 치기도 어렵지.

"너 같으면 네 말을 믿겠냐?"

허리춤에 손을 얹고 삐딱하게 서서 녀석을 바라보았다. 그냥 장난 좀 쳐 봤다 하면 미친놈아, 하고 웃어넘기고 말 텐데. 그 자식은 도저히 장난처럼 보이지 않는 얼굴로 진지하게 날 보고 있었다.

"좋아. 그럼 내가 지금 무슨 생각 하는지 맞혀 봐."

나는 할 수 있는 최대한으로 얼굴을 구기며 눈빛을 보냈다. 네가 내 속마음을 읽으면 내 손에 장을 지진다. 개놈아!

"못 해."

"왜 못 하는데? 독심술 한다며."

"넌 안 들려."

"허! 재밌네. 나한테만 안 통한다라. 왜?"

"몰라. 왜 그런지."

그 표정이 얼마나 진지하던지, 하마터면 믿을 뻔했다.

"야, 너 내가 만만해 보여? 이래 봬도 나 유도부야. 너 같은 거 마음만 먹으면 한방에 업어칠 수 있어. 뭐? 사람들 생각이 들려? 속마음이 어째? 개수작도 정도껏 부려야 웃어 주지."

"내가 너한테 개수작 부려서 뭘 얻는데?"

"뭐?"

"내가 왜 그런 수고를 할 거라고 생각하는데?"

"그야…… 나도 모르지. 네가 사기꾼인지 사이비인지 알 게 뭐야."

전학 와서 내가 뭘 모른다고 이러나 본데, 가만히 당할 내가 아니다. 어금니를 꽉 깨물고 노려보는데, 녀석이 이상한 말을 꺼냈다.

"하나만 묻자. 남 경사 아저씨가 아빠라는 걸 정말 모르는 거야, 아니면 모른 척하는 거야?"

"……뭐라고?"

손끝이 파르르 떨리고 심장이 날뛰기 시작했다. 날 버린 인간의 집에서 지내야 하는 것만으로도 충분히 비참한데, 아빠를 친척이라고 말해야 하는 것만으로도 충분히 수치스러운데, 들키고 싶지 않아 꽁꽁 감추어 둔 것을 유찬 저 자식이 활짝 드러냈으니까.

"네가…… 그걸 어떻게 아는데?"

"말했잖아. 다른 사람의 속마음이 들린다고. 넌 안 믿었지만."

"그래서, 뭐? 내 약점 하나 잡았다 이거야?"

"약점이라고 생각한 적 없는데."

"그럼 뭔데? 안 그래도 짜증 나 죽겠는데 네가 알고 있다는 사실을 군이 나한테 알리는 이유가 뭐냐고."

비 맞은 새끼 고양이 같은 얼굴을 하던 녀석이 비 같은 건 맞은 적도 없다는 듯, 애초부터 고양이가 아니라 사나운 맹수였다는 듯 깔보는 저 말투며 태도, 그 모든 게 나를 화나게 만들었다.

"이렇게 화낼 줄은 몰랐는데."

"그럼 내가 웃을 거라 생각했냐? 독심술 한다면서 사람이 어떨 때 화를 내는지는 모르나 봐?"

"너도 알고 있는 거네. 네가 남 경사 아저씨 친척이 아니란 거."

"한마디만 더 해 봐. 바닥에 메다꽂아 줄 테니까."

꼴도 보기 싫었다. 엄마가 정주에 가라고 했을 때도, 아픈 엄마에게 조금도 힘이 되어 주지 못하는 것 같아 슬펐을 때도 참고 참고 또 참았는데…… 하필이면 저 자식 앞에서 눈물이 터져 버렸다.

"네 말이 맞아. 나 사실 아빠 집에 왔어. 근데 나더러 딸인 걸 비밀로 해 달라네? 보다시피 지금 내가 굉장히 역겨운 처지라 그 에어팟 좀 물어 달라고 하기가 영 그랬거든? 근데 생각해 보니까 못 할 것도 없겠다 싶어. 그동안 안 준 양육비 달라고 하지 뭐. 네가 무슨 생각으로 나한테 접근한 건지 모르지만, 물어 줄 테니까 이 정도 선에서 서로 끝내자."

*

그렇게 말은 질렀지만, 아직도 녀석에게 돈을 갚지 못했다. 매일같이 그 애만 보면 도망 다니고 피해 다니고, 그러면서 사는 중이지 뭐.

물어 줄 상황도 안 되면서 일단 내뱉고 만 거다. 아빠라는 사람한테 돈 좀 달라고 이야기해 보려 해도 야간 근무인지 뭔지, 요즘 집에 코빼기도 보이지 않았다. 솔직히 나에 대한 죄책감이 조금이라도 씻길까 봐, 그 더러운 돈 준대도 받고 싶지도 않았다.

요즘 내가 어떻게 사는지 생각하면 숨이 턱턱 막힌다. 이 동네에는 마트가 하나뿐인데, 학교 앞에 있어서 이름도 '학교마트'다. 거기서 빵 하나 사 먹는데도 손을 벌벌 떨어야 하는 신세다. 매직으로 칠한 것처럼 시꺼멓게 눈썹 문신을 한 주인아줌마가 뾰족한 눈으로 얼마나 노려보던지. 얼마냐고 물어봐도 대답을 안 해 준다. 나한테는 팔 생각 없다는 듯 껌을 질근질근 씹으며 쳐다보기만 할 뿐.

빵 하나 사 먹는 것도 이렇게 힘든 판에, 밥이라도 편하게 먹으면 좋겠지만, 아빠라는 사람의 아내가 차려 주는 밥이 목구멍으로 넘어갈 리 없다. 밥은커녕 얼굴만 마주쳐도 불편해 죽을 것 같아 피해 다니느라 매일 굶다시피 했다.

그런 날이 있다. 그냥 세상이 몽땅 망해 버렸으면 좋겠다 싶은 날. 마주치기만 하면 누구에게든 시비를 걸고, 뾰족하고 날카롭게 굴 수 있을 것 같은 날. 그런 날이 나한테 매일같이 이어지고 있다.

어떤 날은 견딜 만하다가, 또 어떤 날은 와르르 무너졌다. 바로 오늘처럼.

"전원이 꺼져 있어 음성 사서함으로 연결됩니다."

아침부터 엄마에게 전화를 수십 통이나 했는데, 엄마 휴대폰은 계속 꺼져 있었다. 왜 전화를 안 받아, 왜……. 무슨 일 있는 건 아닌지, 전원이 꺼져 있다는 소리에 울컥, 눈물이 솟았다.

"뭐 해?"

깜짝아. 체육관 뒤에서 엄마에게 전화를 거는데 그 자식, 유찬이 나타났다. 내가 여기 있는 줄은 또 어떻게 알았대?

"보면 몰라? 전화하잖아."

황급히 눈물을 닦고 일어서는데 유찬이 내 앞을 막아섰다.

"언제까지 도망 다닐 생각이야?"

또 그 표정이다. 다 안다는 거만한 얼굴.

"도망 다니긴 누가 도망을 다녀."

"너 나 피해 다니잖아."

"아닌데. 그냥 운동하느라 졸라 바쁜 거거든."

진짜 더럽고 치사해서. 아니, 빚진 사람들은 숨 막혀서 어떻게 사는 거야, 대체?

"아 맞다. 너한테 줄 돈이 있지. 근데 내가 지금 지갑이 없네. 내일 줄게. 안녕!"

대충 얼버무리고 피하려는데 녀석이 다시 내 앞을 가로막았다. 이 자식이 진짜.

"또 뭐. 지금 지갑 없다고 했잖아."

"전화번호."

"뭐?"

"폰 번호 알려 달라고. 너 또 나 피할 거잖아."

녀석이 내게 폰을 내밀었다. 안 그래도 엄마가 잘못된 게 아닐까 무서워서 미치겠는데, 이 자식은 왜 사람을 들쑤시고 난리야.

"야. 그만 좀 하지? 내가 일부러 부쉈어? 실수였잖아. 내 사정 충분히 말했고 갚겠다고도 했잖아. 그럼 너도 기다려 주는 척이라도 해야 하는 거 아니냐고. 준다고, 줄게. 안 떼먹어!"

유찬 덕분에 확실해졌다. 나는 더 이상 이곳에서 하루도 더 견딜 수 없다는 걸. 교실에서 유찬과 마주치는 것도 힘들었고, 마음 편히 있을 수 있는 공간이 한 군데 없다는 것도 끔찍했다.

체육관 뒤에서 걸어 나오면서 나는 곧장 집으로 가 망할 아빠라는 사람에게 다시 서울로 돌아가겠다고 말하려고 했다. 이런 곳에서 더 버티느니 돌아가겠다고, 당신도 내가 역겨운 거 피차 똑같지 않느냐고 말이다.

하지만 씩씩대며 집까지 걸어가 놓고 정작 도착해서는 집에 들어가지도 못한 채 마당에 주저앉아 엉엉 울기만 했다. 집에 불이 그렇게 환하지만 않았어도, 아저씨와 아줌마 웃음소리가 흘러나오지만 않았어도 억울하다는 생각이 들지는 않았을 텐데. 그 웃음소리에 차마 들어가지 못하고 울음이 터졌다. 그대로 집에 들어가 그 평화를 깨 버리고 싶었다. 하지만 내가 그렇게 하면 아줌마 배 속에 있는 아기의 존재까지 비참해질까 봐, 또 다른 나로 만들까 봐 두려웠다.

"여서 뭐 하노?"

아빠라는 사람이었다. 주저앉아서 엉엉 우는데 그 모습을 들켜 버렸다. 분명히 말하지만 그건 아저씨 잘못이다. 그렇게 울고 있으면 모른 척했어야지. 무슨 좋은 말을 듣겠다고 말을 거냐고, 말을!

"엄마 암인 거 알아요?"

"……."

"왜 죄 없는 엄마한테만 이런 일이 일어나는데요? 누구는 잘 먹고 잘만 사는데, 엄마는 왜 암에 걸려야 하는데요? 이거 다 그쪽 탓 아니에요? 엄마 아픈 거 열일곱 살에 임신해서 나 낳고 사느라 힘들어서 그런 거잖아요!"

소리를 지르고 일어서는데 현관 앞에서 놀란 듯 나를 바라보는 아줌마의 모습이 보였다. 순간 실수했다는 생각이 스쳤지만 이미 저지른 일이었다. 나는 아줌마를 한번 보고, 죄인처럼 고개를 숙인 그 사람을 다시 바라보았다.

"가족이라고는 엄마 하나밖에 없는데. 엄마 아프다고 이제 엄마한테까지 버려진, 그 더러운 기분을 알아요? 왜 다들 날 버리는데, 내가 쓰레기도 아닌데 왜 여기저기서 버리고 난리냐고! 사람 비참해지게."

다 뱉어 냈다. 하나도 빠짐없이 속에 있던 모든 것을 토해 내자 몸에 있던 뭔가가 딸려 나가기라도 한 듯 기운이 빠졌다. 온몸이, 온 마음이 너덜너덜해진 것 같았다.

그렇게 갈기갈기 찢어진 채 집 밖으로 뛰쳐나왔는데 그 애가 서 있었다.

하필이면, 하필이면, 또

그 애가.

유 찬

눈이 뻘겋게 부은 채로 하지오가 울고 있다.

어쩌다가 하지오의 집 앞까지 오게 됐는지 모르겠다. 그저 그 애 생각을 했고, 정신 차렸을 땐 이미 이곳에 와 있었다.

그 애가 간신히 울음을 참으며 나를 바라본다. 그 애가 길 잃은 아이 같은 얼굴로 아파하고 있다.

"비켜."

그 애가 내 어깨를 스쳐 지나간다. 그 애의 뒷모습을 가만히 바라보다가 그 뒤를 따라가 붙잡는, 나 스스로도 이해할 수 없는 행동을 한다.

"어디 가는데?"

"알 거 없잖아. 따라오지 마."

"여기는 서울이랑 달라. 지금은 가게 문도 다 닫아서 갈 데도 없고. 시간이 너무 늦었어."

"네가 무슨 상관인데."

"그게 아니라……."

너무 어두워 위험하다고 말하려는데 하지오가 내 말을 끊는다.

"그깟 마음 좀 들린다고 다 아는 것처럼 굴지 마. 마음? 네가 들린다는 마음이 얼마나 가벼운 줄 알아? 사람 마음은 하루에도 수십 번씩 바뀌어. 하루는 조금 괜찮았다가, 그래 내가 모르는 어떤 이유가 있었겠지 이해해 보려고 했다가, 또 하루는 미칠 것처럼 화가 나 죽겠다고."

지오가 마음에 있는 말들을 쏟아 낸다. 눈물을 흘리면서 주먹으로 가슴을 치면서 그 마음을 전부 쏟아 낸다. 그리고 그때서야 깨닫는다. 내가 여기에 온 이유를.

하지오. 그 애의 마음을 알고 싶어서, 이 아이가 궁금해서 여기까지 온 거다. 체육관 뒤에서는 왜 울고 있었을까. 지금은 왜 우는 걸까. 무엇이 저 애를 그토록 아프게 하는 걸까.

어째서 나는……

저 애가 아프지 않았으면, 울지 않았으면 좋겠다고 생각하는 걸까.

"엄마는 왜 아픈 걸 숨겼는지, 나를 꼭 여기로 보냈어야 했는지, 저 아저씨는 대체 언제까지 날 숨길 작정인지, 나는 버렸으면서 아줌마 배 속 아기는 왜 그렇게 위하는 건지……."

지오가 숨도 쉬지 않고 말을 토해 낸다. 이 많은 말들이 저 작은 마음에 쌓여서 얼마나 짓눌렸을까, 얼마나 답답했을까 생각한다.

"내가 너무 싫어. 아직 태어나지도 않은 아기한테 질투를 느끼는 것도 싫고, 아무 잘못도 없는 아줌마가 미워지는 것도 싫어. 그런 기분이 얼마나 비참한지 네가 알아? 아무것도 모르면 그냥 가만히 있어. 내가 어딜 가든지 말든지 신경 끄라고!"

하지오 말이 맞다. 이 아이가 어디를 가든, 울부짖든 말든 나와는 아무 상관이 없다. 하지만 나는 하지오의 손을 붙잡고 만다.

"더 해. 들어 줄게."

"……뭐?"

"궁금했었어. 그래서 듣고 싶었어, 네 속마음."

그 말 한마디에 지오는 주저앉아 버린다. 그것 말고는 아무것도 할 수 없다는 듯 목 놓아 운다. 가슴을 치며 발을 바닥에 비벼 대며 자꾸만 화가 난다고, 그래서 미치겠다고 그렇게 울어 댄다. 나는 괜찮으냐고 물어보는 대신 그저 함께 앉아 있어 준다.

언젠가 내가 그랬을 때, 다른 누군가가 그래 주길 바랐던 것처럼.

*

하지오가 아침부터 내 주변을 맴돈다. 몇 번이나 망설이다 돌아갔다는 것을 알지만 모른 척하기로 한다.

"흐음. 흠흠!"

도저히 못 참겠다는 듯, 지오가 헛기침을 하며 내 옆에 선다. 나와 눈이 마주치자 민망한지 슬쩍 시선을 피하더니 중얼거리듯 말한다.

"얘기 좀 하자."

복도 끝으로 나를 이끈다. 다른 아이들의 시끄러운 소리가 멀어질 즈음, 지오가 주머니에서 반으로 접힌 만 원짜리 세 장을 꺼내 내민다.

"뭔데?"

"내 의지지. 갚겠다는 의지. 뭐, 에어팟값에 비하면 얼마 안 되는 거 아는데 그래도 일단 받아. 이렇게 조금씩 갚을게."

"갚으라고 한 적 없는데."

내 말에 하지오의 눈동자가 빠르게 움직이더니 동그랗게 커진다. 입가에 미소가 번지는데, 표정이 환해지는 게 이렇게 눈에 보이는 애는 처음이다.

"안 갚아도 돼?"

그 표정을 보자니 어쩐지 심술이 난다. 그러면 그럴수록 하지오와 더 이야기를 나누고 싶고, 더 오래 곁에 머물고 싶다는 생각을 한다.

"갚으라고 한 적 없다고 했지, 안 갚아도 된다고는 안 했어."

"뭐야. 갚으라는 거야, 말라는 거야. 똥개 훈련시키는 것도 아니고 이랬다저랬다야."

'실망'이라는 두 글자가 지오의 얼굴에 고스란히 새겨진다. 그 표정이 너무 솔직해서 나도 모르게 웃음이 나려는 걸 꾹 참는다.

"넌 어쨌으면 좋겠는데?"

"나야 안 갚으면 땡큐지. 너랑 더 볼 일도 없고."

"그럼 갚아."

"에이씨. 괜히 말했네. 뭐야, 사람 설레게 해 놓고."

"그거면 널 설레게 하는 거야?"

"세상에 돈 갚지 말라는 말만큼 설레는 게 없더라고. 나도 방금 알았어."

입술을 삐죽거리는 그 애의 얼굴을 보자니 웃음이 새어 나온다. 다시 이 아이의 곁에 머물면서 다른 사람들과 똑같아진 순간이다. 다른 사람의 속마음이 더 이상 들리지 않고, 평범한 소리들만이 내 귀에 들려오는 이 순간이 계속되기를 나는 간절히 원하고 있다.

"용돈 없다더니, 무슨 돈이야?"

"그냥. 아침에 삥 좀 뜯었지."

"삥?"

"그런 게 있어. 누가 오만 원을 책상 위에 올려놓고 갔더라고."

꿀밤 맞은 어린애 같은 표정으로 지오가 말한다. 속마음이 들리지 않기 때문일까. 지오가 말할 때면 표정, 몸짓, 억양 하나까지 놓치지 않으려고 하는 나를 발견한다.

"으아— 속물적인 내가 너무 싫다."

"속물적이긴 하네."

"뭐? 내가 누구 때문에 그 비겁한 돈을 받았는데."

"오만 원 받았다면서. 나한테는 삼만 원뿐인데?"

"어우 치사해! 오다가 배고파서 삼각김밥 하나 사 먹었다! 나도 먹고는 살아야 될 거 아냐. 자 자, 됐냐!"

지오가 주머니를 뒤져 천 원짜리와 오천 원짜리를 꺼내 내 손에 올려놓는다. 그 와중에 딸려 나온 만 원짜리 한 장은 서둘러 주머니에 넣는 것도 잊지 않는다.

나는 지오가 준 돈 중 오천 원짜리 한 장만 남기고 모두 다시 지오의 손에 쥐어 준다.

"뭐야, 이 상황은?"

"오늘은 오천 원만 갚아. 배고프면 김밥도 사 먹고 떡볶이도 사 먹고, 그러고 남는 돈만 갚아. 굶지 말고."

"갑자기 웬 착한 척. 나만 쓰레기인 줄."

"배고프면 유도 못 하잖아."

"거 진짜 이상하네. 여기 사람들은 왜 이렇게 유도를 좋아해? 너는 사투리 안 쓰길래 다른 줄 알았더니 너도 정주 사람이라 이거냐? 아니, 아까 편의점 아줌마도 전학 왔느냐, 이사 왔느냐, 남 경사랑 무슨 사이길래 그 집에 사느냐, 경찰 취조하듯이 꼬치꼬치 캐묻더니, 내가 유도 한다니까 표정 싹 바뀌는 거 있지. 유도하는 애가 삼각김밥만 먹어서 무슨 힘을 쓰냐면서 핫바랑 우유랑 막 챙겨 주는 거야. 정주 사람들은 다 그래?"

"정주가 아니라 여기 번영 사람들만 그래."

"여기? 왜?"

번영 사람들에게 유도는 영광이고 꿈이고 자랑이다. 아무리 오래전 영광이어도, 이들의 마음속에서는 잊히지 않았다. 이 작은 마을에 대단한 일은 언제나 유도부에서 일어났으니까.

초등학교 이 학년 때, 이곳으로 이사 오고부터 쭉 그랬다. 아빠는 그래서 번영이 좋다고 했다. 매일같이 티격태격하는 거친 사람들이 유난스럽게도 운동을 좋아하는 모습이 참 순수하다고. 그리고 아빠는 당신이 그렇게 좋아하던 사람들이 모여 있던 이곳에서 죽음을 맞이했다. 누구도 구하러 오지 않았던 그날, 그 불길 속에서.

"미안."

갑작스러운 사과에 나는 지오를 가만히 내려다본다. 뒷머리를 긁적이던 지오가 조그만 목소리로 말한다.

"어제 일 미안하다고. 너하곤 상관없는 일인데 내가 말이 심했어."

지오의 두 뺨에 슬픔이 묻어나고 고독이 눈가에 가득 고인다.

내 눈에 그것들이 훤히 보이는데, 지오는 이미 다 털어냈다는 듯 군다. 아무렇지도 않다는 듯. 이제 다 괜찮아졌다는 듯.

"야, 너도 장난이 심했어! 독심술이 뭐냐, 독심술이. 좀 그럴싸한 이야기를 하든가."

"······."

"뭐, 뭔데 그 표정은. 설마 진짜라고?"

지오가 여전히 못 믿겠다는 눈으로 나를 보고, 나는 그런 지오를 이해한다. 나한테 일어나는 일이 그토록 믿지 못할 일이란 걸 잘 알고 있으니까.

"진짜로 그게 진짜라고? 어떻게 들리는 건데?"

"그냥 들려."

소리는 마치 파도처럼 몰려온다. 크고 작은 소리들이 웅성대다 뒤섞이고, 제 소리를 더 크게 외치기 위해 아등바등 애를 쓴다. 그러는 동안 내 귀는 끔찍한 소음에 시달리고 두통이 찾아온다. 내게 소음이 허락되지 않는 시간은 모두가 잠든 새벽뿐이다. 그때서야 고요가 찾아오지만, 나는 어두운 밤하늘 아래 잠들 수가 없다. 그날처럼 눈을 감았다 뜨면 불이 모든 걸 앗아가 버릴 것만 같다.

그때 중앙 복도로 유도부 코치님이 성큼 들어서고, 코치님을 본 지오의 눈이 호기심으로 빛난다.

"우리 코치님 속마음은 뭐야? 무슨 생각 하셔?"

"안 들려."

"뭐야. 나한테만 안 된다며. 안 되는 사람이 되게 많네? 그런 걸 독심술이라고 할 수 있나?"

"너만 안 되는 거 맞아. 근데 너랑 있으면 다 안 들려."

지오의 눈썹이 찡그려지고 제법 심각한 표정으로 변한다.

"그러니까 독심술이 나한테만 안 통하는데, 나랑 같이 있으면 다른 사람도 다 안 통한다는 거야?"

나는 고개를 끄덕이고 지오의 얼굴은 더욱 심각해진다.

"그럼 나하고 있으면 안 좋은 거 아니야?"

지오가 뒷걸음질하자 나도 모르게 지오의 손목을 잡아끈다. 이 아이가 멀어져서 다시 듣기 싫은 소리들이 쏟아지는 것이, 그렇게 다시 소음 속에 혼자가 되는 순간이 두렵다.

"멀어지지 마."

아차 싶은 생각과 동시에 오해할 수도 있겠다는 생각이 든다. 아니나 다를까, 얼굴이 빨갛게 달아오르고 눈동자가 확장되어 작게 흔들리는 지오를 보는 순간 그 생각은 확신이 된다.

"그게, 내 말은……."

"돼, 됐고. 흠흠, 이 손 좀 놓지?"

"어, 미안."

내가 지오의 손목을 잡고 있었다는 사실을 깨닫고는 화들짝 놀라 손을 놓는다.

"흐음, 뭐 그럼 다음에 독심술 하는 거 한번 보여 주든가."

나는 고개를 작게 끄덕이고 지오는 믿어야 할지 말아야 할지 여전히 고민하는 눈치다. 그리고 나는 지오가 고민하는 이 순간에도, 더 오래도록 이 순간이 이어지길 간절히 바란다.

하지오

'멀어지지 마.'

쿵쿵쿵.

심장이 너무 크게 뛰어서 깜짝 놀랐다. 어머, 웬일이니.

나도 모르게 계속 유찬 생각을 하고 있다. 그 애 목소리가 어디 녹음되어 있다가 틈만 나면 불쑥 재생되는 것 같다. 도대체 무슨 생각으로 그런 말을 막 아무렇지도 않게 한 걸까. 설마 날 좋아하고, 막 그런 건 아니겠지? 에이, 날 안 지 얼마나 됐다고?

게다가 개는 너무 나랑 안 어울리잖아. 나는 딱 봐도 관리 안 해도 쑥쑥 자라는 넝쿨 같은 스타일이라면, 그 애는…… 뭐랄까, 이파리 하나하나 닦아 가며 먼지 한 올 안 묻히고 물과 햇빛을 딱 정량만 주며 애지중지 키운, 그런 예쁜 꽃 같은 애랄까. 아니 뭐, 또 넝쿨이야말로 꽃이랑 잘 어울리는 식물이 아닌가 싶기도 하고…….

"니 개안나?"

"네?"

새별 선배의 부름에 얼마나 놀랐는지 벌떡 일어섰다.

"어데 아프나? 얼굴이 많이 빨간데."

"더, 더워서 그런가 봐요."

도둑질하다 들킨 사람처럼 횡설수설하고 말았다. 내가 유찬 생각 좀 한다고 걔가 닳는 것도 아니고, 생각 좀 할 수도 있는 거지. 마음을 다잡아 보는데 진짜 이상하다. 왜 심장이 터질 것 같지? 그래. 더워서 그런가 보다, 더워서.

유월의 태양은 주로 이런 이야기를 했다. 오냐, 너 이 새끼 어디 밖에 나와 봐라. 내가 뜨거운 게 뭔지 보여 줄 테니까. 땀? 바가지로 흘려 봐. 초여름? 그딴 게 어디 있냐. 한겨울 다음에 한여름이야.

아무리 내일모레면 칠월이라지만 해도 해도 너무한 거지. 햇볕에서 자글자글 소리가 난다고 하면 누가 믿을까.

"오늘도 니만 보고 있다. 점마 좀 어떻게 해 봐라."

아 깜짝이야.

새별 선배의 손가락 끝을 따라가니 다시 그 여자애가 태양보다 뜨거운 눈으로 나를 보고 있다.

"근데 쟤는 왜 훈련을 했다가 말았다가 해요? 며칠 안 보이던데."

"원래 글타. 농땡이가 일상이거든. 아무래도 니랑 친해지고 싶은가 본데."

새별 선배의 말이 끝남과 동시에 그 여자애가 음흉한 미소를 띠며 다가왔다.

"니 내 알제? 내는 이주유. 주유소 할 때, 그 주유! 뭔 줄 알제?"

"어? 어."

"니 유도 좀 하나?"

이건 확실하게 대답할 수 있다. 운동도 실력이 늘어야 할 맛이 나는 거지, 마지못해 하는 운동은 고문이나 다름없다. 적어도 중학교 이 학년 이후로 쭉 유도는 내게 그래 왔다.

"아니, 별로."

"내도 몬하는데! 사실 여 있는 사람들 다 삐까삐까하다. 이 학년 새별 선배, 삼 학년 상준 선배만 빼고. 그래도 유도부에 있으면 편하니까 계속하는 거지 뭐. 유도부는 특별하거든."

"특별?"

"옛날에 우리 유도부에서 올림픽 메달리스트가 몇 명이나 나왔는지 아나? 어마어마했다니까. 코치님도 우리 유도부 출신이다 아이가. 지금은 좀 쪼그라들긴 했지만."

조금 쪼그라든 게 아닌 것 같은데. 십 년 전도 아니고 무려 십 팔 년 전이면, 옛날 옛적 이야기잖아. 그놈의 올림픽 메달리스트로 몇십 년을 우려먹는 거야.

"하여간 여기서 유도부는 하이패스 같은 건데."

"하이……패스?"

"어. 뭐가 막힌다 싶으면 그냥 저 유도분데요, 이 한마디면 된다. 학교에서도 그렇고 동네에서도 그렇고. 가끔 시내에서도 먹히는데."

영 미심쩍다는 표정으로 바라보자 주유가 눈을 동그랗게 뜨고는 말했다.

"진짜다. 여기서는 애나 어른이나 절대로 유도부는 안 건드린다. 유도분데요, 이거 한마디면 만사 오케이라니까. 지나가는 동네 개도 유도부라 카면 먹던 개껌까지 주고 갈걸."

이게 무슨 개껌 같은 소리야.

"어…… 그러니까 네 말은, 내가 유도부인 게 뭐 하여간 좋다는 말인 거지?"

"아이, 그냥 좋은 게 아니라 완전 개쩐다 이거지."

쓰읍. 아무튼 좋은 거라고 하니 나쁘다는 것보단 낫겠지 싶어 고개를 끄덕였다.

"니 찬이랑 친하나?"

"어? 아, 아니."

"아니라고? 근데 왜 찬이가 니에 대해 물어봤지?"

"나에 대해서?"

"어. 같은 유도부니까 잘 알 거 아니냐면서 니 처음 전학 왔을 때부터 자꾸 물어보는 거라."

"그래서 뭐라고 얘기했는데?"

"뭔 얘기를 하노. 아는 게 없는데. 그래서 내가 맨날 니 관찰했다 아이가."

주유가 손으로 망원경 모양을 만들어 눈에 갖다 대며 말했다. 맨날은 무슨. 훈련에 별로 나오지도 않더만.

"찬이가 다른 사람한테 관심 가지는 거 첨 보는데. 아무리 전학생이라도 이상하단 말이다."

'멀어지지 마.'

딸꾹.

하필이면 지금 그 말이 생각날 게 뭐냐고. 뭐 훔쳐 먹다 걸린 사람처럼 딸꾹질은 왜 나오느냔 말이야. 나도 내가 왜 이러는지 알 수 없는데, 주유 눈에는 얼마나 수상해 보일까.

"니 뭐 하노?"

"어? 딸꾹."

"거참 이상하네. 뭐가 있긴 있는 것 같은데."

"아닌데. 딸꾹. 아무것도 없는데."

"그라모 다 알아내는 방법이 있지."

주유가 팔짱을 끼고 곁눈으로 나를 훑었다.

"니 내랑 떡볶이 무러 갈래?"

유 찬

"가자아, 어? 니 내랑 떡볶이 마지막으로 묵은 게 언젠지 아
나?"

오 년 전 그날, 우리 집을 집어삼켰던 불은 평범한 나날들도
모두 앗아 갔다. 모든 게 바뀌었고 절대로 그 전으로 돌아갈 수
없었다. 그날부터 지금까지 변하지 않은 건 오로지 이주유 하나
뿐이다.

"안 가."

"아 왜! 왜 안 가는데? 내 다음 주부터 훈련 빡세진단 말이다.
그면 떡볶이는 언제 묵는데!"

틈만 나면 집까지 찾아와 어린애처럼 구는 게 주유의 특기다.
주유는 아직도 우리가 초등학교 오 학년인 줄 안다. 떡볶이를 사
먹고 문방구 앞 평상에 앉아 폰 게임이나 하던 그때처럼 말이다.

"공부해야 해."

"공부는 무슨. 누가 주말에 공부를 한다고 그카는데. 니는 공부가 중요하나, 내가 중요하나."

"공부."

내 팔을 끌어당기는 주유의 손을 뿌리치고 책상 위로 시선을 돌린다. 곧 있을 기말고사에서 성적을 떨어트리고 싶지 않아 예민해진다. 게다가 이렇게 더운 날씨에 밖으로 나가는 건 더더욱 싫다. 뜨거운 햇볕이 자글자글 내리쬐는 것만으로도 심장과 목구멍이 타들어 가던 그날을 떠올리게 하니까.

내가 공부를 하는 건 학교에서 이어폰을 낄 수 있는 핑계를 마련하기 위해서이기도 하지만, 할머니가 내 걱정을 하는 게 싫어서이기도 하다. 사고 이후 오로지 나를 위해서 살아가는 할머니라는 걸 누구보다 잘 알고 있어서다.

"아 쫌! 니는 너무 솔직한 게 문제다. 니 진짜 안 가나?"

"응."

"그래. 그럼 가지 마라. 지오랑 내랑 둘이 묵지 뭐."

그 애 이름이 들리자 나도 모르게 멈칫한다.

"하이고, 우리 전학생 변영 구경 좀 시키 주고, 저기 정주 시내 데꼬 가 놀아야지."

이상하다. 그저 그 애 이름을 들었을 뿐인데 문제집이 눈에 들어오지 않는다. 마치 쉬는 시간 종소리를 들은 아이처럼 달려 나가고 싶은 마음으로 가득 찬다. 나도 모르게 펜으로 책상을 툭툭 두드린다. 하지오, 그 애는 뭘 하고 있을까. 또 얼굴에 속마음을 훤히 드러내고 있을까. 뭔가에 중독된 사람처럼 끊임없이 그 애 생각을 한다.

"떡볶이 먹으러 언제 가는데?"

그때나 지금이나 주유는 나를 움직이는 방법을 너무도 잘 안다.

*

세모분식 안에 지오 혼자 멀뚱히 앉아 있다.

"야, 뭐 좀 시키 놓으라니까 꼴랑 이거 시킨나?"

주유의 물음에 지오가 낮은 목소리로 속삭인다.

"떡볶이 순대 이 인분씩 시킨 거야. 여기 물가 장난 아니다. 왜 이리 양이 작냐? 배부르게 먹으려면 십 인분씩은 시켜야겠다."

"품! 할매가 또 텃세 부렸는가베. 우리 번영이 이렇게 쉽지가 않은 동네예요."

아주 오래전부터 이 자리를 지키며 분식을 팔아 동네에선 '떡볶이 할매'로 불리는 주인 할머니에게는 규칙이 있다. 학생과 아이에게는 후하게 인심을 베풀 것. 어른과 외지인에게는 자본주의 시장의 원칙을 철저히 적용할 것.

주유가 뭔가를 보여 주겠다는 듯 큰 소리로 주인 할머니를 부른다.

"할매, 떡볶이 팔아가 건물 세울 끼가?"

"그래. 건물 세울라 칸다, 와?"

"그라믄 우리는 꼴랑 이거 묵고 운동해요? 이래 묵어 가지고 파리 한 마리나 넘구겠나."

"쟈가 니 친구가?"

"네, 전학생. 이사 왔잖아요."

"안다. 남 경사 집."

학생이지만 외지인이라면 원칙의 우선은 외지인으로 적용된다. 할머니는 못마땅한 눈으로 지오를 훑는다. 번영에서 외지인은 언제라도 번영을 떠날 사람일 뿐, 아무리 오래 살겠노라 하여도 바뀌는 건 없다. 단 하나의 경우만 빼고.

"할매, 애 유도부다. 우리 학교에 유도부 에이스로 전학 왔어요."

설거지를 하던 할머니의 손길이 멈춘다.

"운동하나?"

"네. 남 경사 아저씨 먼 친척인데 유도를 억수로 잘해 뿌가 우리 학교 다닐라고 번영까지 왔잖아요."

지오는 이게 다 무슨 일인지 몰라 눈동자를 굴리고, 주유는 지오에게 걱정 말라는 듯 눈을 찡긋댄다.

"가만있어 보래이. 튀김이 좀 있을 낀데. 느그 묵을래?"

"네!"

주유의 신난 목소리와 함께 음식이 대접으로 나오기 시작한다. 지오가 시켰던 떡볶이 순대와는 대조적으로 산더미처럼 담겨 있다. 지오의 눈이 휘둥그레지고 주유는 익숙한지 받아먹기 바쁘다.

"이거 다 먹어도 돼? 나 돈 없어."

"걱정 말고 얼른 묵기나 해라. 할매 남기는 거 싫어한데이."

할머니는 그래도 부족하다 싶었는지 냉장고를 뒤져 만두까지 찌기 시작한다. 어쩐지 음식을 준비하는 할머니 손이 신나 보인다.

"진즉에 말을 하지. 유도 그기 여간 힘든 운동이 아닌 기라. 마이 묵어야 힘을 쓸 거 아이가. 가만, 찬이 니도 공부하느라 힘들제. 뭐를 좀 줄꼬. 호두가 어디 있을 낀데, 공부하는 데 호두가 그래 좋다 카드라."

분식집 할머니가 짠하다는 듯 내 어깨를 두드린다. 순간 지오와 함께 있다는 사실에 안도한다. 할머니 속마음을 듣지 않아도 되니까.

오 년 전 그날 이후.

마을 사람들 모두가 혀를 끌끌 차면서 불쌍해 죽겠다며 가식적인 소리를 해 댈 때, 값싼 동정이 나를 얼마나 초라하게 만드는지 깨달아야 했다. 그 마음에도 없는 소리들이 듣기 싫어 귀를 틀어막고 사람들을 피해 다니던 지난날들이 떠올랐다. 나도 모르게 눈썹에 힘이 들어가려 하는데, 분식집 할머니가 안부를 물어 온다.

"할매는 잘 계시제? 니 여 온 거 알믄 억수로 좋아할 낀데."

언제나처럼 '할머니'라는 단어는 나를 차분하게 만든다. 지오가 궁금해서 온 분식집이었지만 오길 잘했다는 생각이 든다. 이제 내일이면 내가 친구들과 어울려 분식집에서 떡볶이를 먹었다는 이야기가 할머니 귀에 들어갈 테니까. 그 이야기 하나에 할머니는 안도의 숨을 내쉬고 몇 번이나, 몇 번이나 웃을 테니까.

유도부의 위력을 알아차린 지오의 젓가락이 바쁘게 움직인다. 주유의 실없는 농담과 한가한 주말의 공기, 그리고 하지오. 저 아이가 기적처럼 나를 평범하게 만든다.

"내가 신기한 거 보여 줄까? 봐래이. 찬아, 지금 내 무슨 생각 하게?"

주유가 떡볶이를 입에 쑤셔 넣으며 말한다. 입 주변에 빨간 국물이 묻었는데 신경도 쓰지 않는 눈치다. 저러다 옷소매로 쓰윽 닦아 낼 게 뻔해 휴지를 건네며 답한다.

"떡볶이 맛있다는 생각?"

"딩동댕동! 봐 봐, 겁나 신기하제? 찬이는 내가 뭔 생각을 하고 있는지 다 안다니까."

"넌 누구나 다 알아."

뭐가 그리 웃긴지 주유가 깔깔 웃는다.

다른 사람들의 생각이 처음 들리기 시작했을 때 어른들은 내가 충격을 받아서 그런 거라고 했다. 엄마 아빠를 잃었기 때문에, 이상한 말을 하는 거라고. 할머니는 심장이 찢어지는 슬픔을 느꼈고 나는 끝없이 사람들의 동정을 받아야 했다. 그때 주유만이 슬그머니 다가와 물었다.

"니 진짜 들리나? 그라믄 내가 지금 무슨 생각 하고 있게?"

그때부터 지금까지 쭉, 주유는 쓸모없고 답도 없는 뻔한 질문을 해 댔다. 내가 뭐라고 대답하든 언제나 신기해하면서. 몇 번의 문답이 있은 후에야 그게 세상과 단절된 나를 끌어내기 위한 주유만의 놀이라는 걸 알았다.

"그만 좀 먹어. 배 안 부르냐?"

"인자 시작인데 무슨……. 아, 쓰읍. 어우, 떡볶이가 매웠나. 잠만 내 화장실 좀 갔다 올게. 다 묵지 마라! 딱 기다리라."

배를 잡고 화장실로 뛰어가는 주유를 본 할머니가 화들짝 놀라며 중얼거린다.

"아이고, 내 정신머리 좀 보소. 화장실 문 고장 났는데. 아 똥통에 갇혀 뿌겠네."

"제가 가 볼까요?"

지오가 벌떡 일어나자 할머니가 손사래를 친다.

"그기 아무나 못 딴다 카이. 니는 마저 묵으라. 내 금방 댕겨올 꾸마. 손님 오믄 내 화장실 문 따러 갔다 캐라이."

할머니가 끙 소리를 내며 무릎을 짚고 일어서서 나가자 지오가 젓가락을 테이블 위로 탁, 내려놓는다. 어쩐지 심술이 난 표정이다.

"진짜 이주유 기다렸다가 먹게?"

"남이야 기다리든 말든."

"왜 그래?"

"뭐가."

"기분 안 좋아 보여서."

"아닌데. 내가 기분 안 좋을 게 뭐 있어."

대답과는 달리 지오의 얼굴에는 불만이 가득 올라와 있다. 분명 좀 전까지 신나게 떡볶이를 먹더니, 갑자기 왜 기분이 다운된 건지 알 수 없다. 무슨 생각을 하는 걸까. 무엇이 지오를 불편하게 만든 걸까. 지오에 대해 끝없는 질문이 만들어진다.

저 아이와 있으니 많은 게 새롭다. 속마음이 들리지 않으니 저 아이가 어떤 아이인지, 어떤 생각을 하는 건지 알아 가는 데 시간이 꽤 걸릴 터다. 한때는 내게도 당연했던 일이 낯설고 새롭게 느껴진다.

"둘이 되게 친한가 봐?"

"누가?"

"주유랑 너랑."

지오가 흠흠, 헛기침을 하며 말한다.

"초등학교 때 이사 온 뒤로 쭉 같은 동네에 살았으니까."

"아, 그래서 속마음을 막 꿰뚫어 보고 그러는구나. 나는 들리지도 않는다면서. 그놈의 독심술은 사람 가려서 들리나 봐."

지오가 숨도 쉬지 않고 내뱉는다. 속마음을 다 중얼거려 주니 들리지 않아도 알 수 있어 다행이라고 해야 하나.

"이주유는 쉽잖아."

"난 엄청 어렵나 보지?"

"응. 어려워, 넌."

지오가 나를 바라본다. 이 시간이 훨씬 길었으면 좋겠다고 생각하면서 나도 지오의 눈을 가만히 바라본다.

"분식집 할머니는 요즘 무릎이 아픈 게 고민이야. 자식들한테 아프다고 말하면 분식집 못 하게 할까 봐 꾹 참고 계셔. 너희 유도부 코치님은 전국체전 선발전에서 새별이 형이 선발되길 진심으로 바라. 수학 선생님은 기말 때문에 골머리가 아파. 난이도 조절을 해야 하는데 잘하는 애랑 못하는 애 격차가 심해서 고민이거든. 이주유는…… 속마음이랄 게 없어. 말이랑 행동이랑 속마음이 똑같아."

"뭐 하는 거야?"

"속마음. 저번에 네가 들려 달라고 했었잖아. 또 궁금한 사람 있어?"

지오는 당황스러워하면서도 눈을 반짝인다. 나는 아무것도 숨기지 않고 지오가 물어보면 모든 것을 말해 줄 생각이다. 그리고 동시에 지오가 남 경사 아저씨에 대해 묻기를 바란다. 그러면 어쩔 수 없다는 듯 아저씨가 매일 밤 후회하고 있다고, 너를 생각하느라 밤잠을 설치고 있다고 알려 줄 생각이다. 그걸로 저 아이의 아픔이 조금이라도 덜어지면 좋겠다고 생각하면서.

"분식집 할머니는 나에 대해 어떻게 생각해? 아니, 좀 너무하잖아. 너도 아까 봤지? 순대랑 떡볶이 나온 거. 누가 먹다 남은 거 주는 줄."

"이사 온 지도 제법 되는데 인사 한 번 안 하는 싸가지 없는 년."

"뭐?"

"분식집 들어오는데 속으로 마구 욕을 하고 계시더라고."

떨떠름한 표정의 지오를 보며 나는 지오가 다시 질문해 오기를 기다리다 결국 참지 못하고 먼저 말해 버린다.

"남 경사 아저씨 속마음 얘기해 줄까?"

"아니, 됐어."

순식간에 얼굴이 굳은 지오가 고개를 절레절레 흔들다, 다시 젓가락을 들어 떡볶이를 한 입 베어 문다.

"뭐 대충 인정해 줄게. 독심술, 그거."

"대충?"

"네가 세상 사람 속마음을 다 듣는다고 해도 내 속마음은 못

듣잖아. 그니까 완전 백 퍼는 아니고 대충 팔십구 퍼 정도 믿어 줄게."

"다른 사람들은 다 알겠는데 넌 모르겠어."

"……왜?"

"몰라, 왜 그런지. 그냥 너는 특별해."

잎사귀가 햇살 아래 반짝인다. 어디선가 매미 울음소리가 들려오고 살랑 바람이 분다. 칠월 초 더위에 선풍기가 윙윙 소리를 내며 돌아간다. 선풍기 바람이 그 아이의 머리칼을 흔들고, 이마는 땀으로 반짝인다. 그리고 이 순간을 나는 가만히 느끼고 있다. 적어도 오 년 전 그날 이후, 이렇게 온전히 여름을 느끼는 건 처음이다.

"넌 어쩌다가 그런 초능력이 생긴 거야?"

"초능력 아니고, 저주."

"초능력이지. 다른 사람의 마음을 들을 수 있으면 할 수 있는 게 무진장 많잖아."

"너라면 뭘 하고 싶은데?"

"어, 저 사람이 나한테 좋은 마음을 가지고 있는지 아닌지, 나쁜 생각을 품고 있는 건 아닌지, 가면을 쓴 건 아닌지 알아낼 거야."

"그래서?"

"그래서 나를 진심으로 대하는 사람들하고만 가까이 지내는 거지. 아! 범죄자 잡을 때도 좋겠다. 용의자 잡은 다음에 심문하 잖아. 그때 속마음을 읽을 수 있으면 완전 개간지 아닐까."

"범죄자 잡는 데 속마음은 아무 소용도 없어."

"왜 소용이 없어? 확실한 건데."

"속마음은 증거가 될 수 없으니까."

"그런가. 넌 그런 걸 어떻게 다 알아?"

"……이미 해 봤거든."

지오가 의아한 눈으로 나를 바라본다. 그 눈빛에 모든 걸 다 말해 버릴까 봐 두려워진다.

하지오

  큰일 났다. 태어나서 처음으로 엄마가 아닌 다른 사람한테 특별하다는 말을 들었다. 유찬이 그 말을 하는데 큰일 났다는 생각밖에 들지 않았다. 왜냐면, 왜냐면……

  그때 매미 울음소리가 들렸으니까.

  올해 처음 듣는 매미 소리였다. 한 마리가 매앰 매앰— 하고 울었을 때 유찬이 그런 말을 했다.

  내가 특별하다고.

  곧 매미 울음소리가 사방을 뒤덮었다. 다행이란 생각이 들었다. 매미 울음소리가 아니었으면 터질 것처럼 뛰는 내 심장 소리가 그 애 귀까지 들렸을 테니까.

  "근데 정말로 나랑 있으면 다른 소리들이 안 들려?"

  "안 들려."

  "좋은 건가?"

"너랑 있으면 편안해."

특별한 거랑 편안한 거랑은 느낌이 오묘하게 다르단 말이지. 특별하다는 말에 마음이 풍선처럼 부풀어 올랐다가, 편안하다는 말에 쉬이익 하고 바람이 빠지고 말았다.

좋다는 거야, 아니라는 거야. 집에 돌아와 한참을 고민하고 고민하다 침대에 벌러덩 누웠는데, 처음으로 내가 나여서 다행이라는 생각이 들었다. 편안하다는 말이 특별하다는 말처럼 설레진 않지만 어쨌든 나랑 있으면 그 애가 편안함을 느낀다니까. 그거면 됐다. 스탠드를 끄고 잠을 자려는데 천장으로 그 애와 함께 있던 순간이 떠올랐다.

"이야기한 적 있었나? 내가 왜 유도 하게 됐는지."

"아니."

"초등학교 때 같은 반 남자애가 우리 엄마를 놀리는 거야. 그 자식 입을 막아야겠다는 생각도 들고, 꼴도 보기 싫어서 멱살을 잡아 등 뒤로 돌려 쿵, 바닥에 메다꽂아 버렸어. 그걸 본 체육 선생님이 나더러 유도를 배우라더라. 엄마한테 말했더니 그럴 줄 알았대. 언젠가는 내가 유도를 할 줄 알았다고."

처음엔 배우는 만큼 실력이 늘었다. 유도는 내가 좋아하는 운동이면서 동시에 엄마를 행복하게 만드는 운동이었다. 유도 실력이 늘면 늘수록 엄마를 지킬 수 있을 것만 같았다.

평생 내 편이라고는 엄마 한 사람뿐이었기에 내 마음속에는 늘 불안함이 자리 잡고 있었다. 엄마가 나를 지키다 지쳐 사라져 버리면, 아빠처럼 나를 버리면 어쩌지⋯⋯. 혼자 남겨질 것에 대한 두려움이 언제나 나를 사로잡고 있었다. 그래서 유도가 좋았던 것도 있다. 내가 엄마를 지키면, 엄마가 지치지 않을 것만 같아서.

"엄마가 갑자기 나더러 전학을 가야 한다는 거야. 아빠한테 가라면서. 무섭더라. 엄마가 날 버리는 걸까 봐. 근데 엄마가 아프다는 거야. 그 이야기를 듣는데 되게 비참했다? 엄마한테 나는 아무 도움도 안 되는 사람인가 보다, 태어난 순간부터 짐이었는데 엄마가 아픈 지금도 나는 여전히 짐인가 보다 싶어서. 누군가에게 짐만 되는 삶이라니, 내가 너무 불쌍하더라고."

바람이 불었던 것 같다. 예전에는 나뭇잎이 초록색이라고만 생각했는데 그날은 아니었다. 어떤 잎은 아주 연한 연두색이었고 어떤 잎은 짙은 초록색이었다. 또 어떤 잎은 쨍한 초록색이었고 어떤 잎은 연둣빛이 사라져 가고 있었고 어떤 잎은 눈이 부시게 푸르렀다. 그 모든 잎들이 하나하나 생생하게 떠올랐다. 그때, 그 순간 유찬의 머리 위로 그토록 다양한 초록 잎들이 흔들리고 있었으니까.

"너 하나도 안 불쌍해."

"알아."

그때도 매미 울음소리가 사방을 뒤흔들었다. 그리고 잠을 청하려는 지금도 창밖 어디선가 아직 잠들지 않은 매미들이 울어 댄다. 어쩌지. 이제 매미 울음소리만 들어도 그 애 생각이 나는데. 자꾸만 그 순간으로 돌아가는데.

나를 유찬과 함께 있던 그곳으로 불러들이는 매미 울음소리가 끊임없이, 끊임없이 들려왔다.

*

생각하는 것만으로도 가슴이 뛰는 애를 만났다고 엄마에게 이야기하고 싶었는데, 그러지 못했다. 꼭 죄를 짓는 것만 같았다. 엄마는 아픈데 나는 설레고 있었으니까. 그래서 통화하는 내내 괜히 투덜댔나 보다. 그러면 안 되는 건데.

"엄마는 속상하지도 않아?"

"뭐가?"

"여기 있는 아저씨. 우리 버리고 잘만 살고 있는데 밉지도 않냐고."

내가 아빠를 아저씨라고 부르자 엄마는 살짝 놀란 것 같았다.

"너희 아빠는 많이 어렸어. 무서웠을 거야."

"엄마도 어렸어. 엄마도 무서웠잖아."

그리고 나는, 나는 더 어렸어, 엄마. 너무 어렸었다고.

"지오야. 엄마는 어려도 엄마야. 나이랑은 상관없어. 배 속에 아기를 품고 있을 땐 누구나 다 똑같아. 엄마가 아빠를 왜 미워하니? 불쌍하지."

"불쌍하긴 뭐가 불쌍해? 십 대도 이십 대도 자유롭게 보내고 좋아하는 사람이랑 결혼해서 잘만 사는데."

엄마의 말에 나도 모르게 화가 났다. 하지만 엄마는 단호했다.

"불쌍해. 너희 아빠는 너 예쁜 거 못 봤잖아. 아빠, 하고 부르는 소리도 못 들었잖아. 엄마는 너 자라는 거, 울고 웃는 거 다 봤어. 그게 얼마나 행복한 건지 알아? 세상을 다 준대도 안 바꿔. 시간을 돌려서 너 포기하면 억만금을 준다고 해도 절대 안 바꾼다고. 너는 그런 애야. 너처럼 예쁜 애가 크는 모습을 못 봤는데, 너희 아빠가 불쌍하지 안 불쌍하니?"

엄마의 말이 날 얼마나 슬프게 만들었는지 엄마는 모를 거다. 전화를 끊고 십 분이 넘도록 엉엉 울었다는 것도, 지금 당장 엄마한테 가고 싶다며 울고불고 매달리고 싶은 걸 간신히 참았다는 것도. 희생을 행복이라 말하는 엄마에게 내가 얼마나 미안했는지, 바보 같은 엄마는 절대로 모를 거다.

그리고 엄마만큼이나 바보 같은 사람이 한 명 더 있다.

"에헤이! 어데 잡담이나 하고 앉았노? 퍼뜩 훈련 안 하나! 팔월에 마지막 선발전 날짜 잡힌 거 알제? 정신 바짝 챙기라."

코치님이 어쩐 일로 체육관에 붙어 있나 했더니, 선발전 때문이었나 보다. 그러고 보니 유찬의 말이 떠올랐다. 코치님이 선발전에서 새별 선배가 이기기를 진심으로 바란다고 했던 말이.

"상준이 니, 몸무게 맞췄나?"

"죄송합니다!"

"목소리 봐라! 빠져 가지고. 몸무게 관리를 몬하믄 그기 무슨 운동선수고! 니 출전 안 할 끼가?"

"아닙니다."

상준 선배가 큰 소리로 대답했다.

"상준이 새별이, 너거 둘이 전국체전 무조건 나간다고 생각해라. 선발전에서 떨어지믄 죽는다, 알겠나. 상준이! 니는 요새 와 이리 체력이 달리는데? 그만 묵고 운동 좀 해라, 운동! 훈련 빡시게 해 봐라, 살이 찌나."

코치님이 배를 툭툭 치며 말하자 상준 선배가 입술을 깨물었다.

"새별이 니는 다른 거 하지 말고 몸 길게 풀고 낙법 연습만 계속해라. 니는 다 좋은데 와 부상이 잦노? 별 미친놈들이 오만 수단을 다 써가 넘어뜨릴라 칼 낀데 니 보호 안 하믄 허리고 모가지고 다 날라가는 기다, 알제? 부상 조심하고, 어?"

내가 눈썹을 찌푸리자, 새별 선배에게 낙법 훈련만 시키는 게 이상해서라고 여겼는지 주유가 옆에서 속삭였다.

"새별 선배가 잘하니까, 이길라고 더럽게 경기하는 놈들 많거든. 나중에 니도 보면 안다."

속닥이는 소리에 코치님이 얼굴을 구기며 우리를 노려봤다. 그러자 주유가 얼른 손을 번쩍 들고 물었다.

"코치님, 저는 무슨 운동 할까요? 메치기 할까요?"

"니는 운동장 나가서 달리기나 해라."

"아 왜요? 더운데."

"그니까. 더운데 와 니는 이마에 땀 한 방울 안 흘리고 있노. 니 준비운동 제대로 안 했제? 당장 나가서 열 바퀴 뛰고 온다, 실시! 다들 뭐 하노! 운동 시작해라."

맨날 술 마시고 놀기만 하는 건 아닌가 보다, 믿을 뻔했던 내 순진함을 깨부수겠다는 듯 코치님이 다시 체육관을 나가려 했다.

전학 오고부터 지금까지 한 번도 제대로 된 훈련을 받아 본 적 없다는 게 믿기지 않았다. 코치님은 슬그머니 왔다가 슬그머니 내빼기 바빴다.

"코치님 또 어디 가세요?"

"와? 내한테 볼일 있나."

"아니요. 그게 아니라. 선발전 일정도 잡혔고……."

코치님은 나를 위아래로 훑더니 물었다.

"와? 니 선발전 나가게? 니 몬 나간다. 일차 선발전 끝난 지가 언젠데."

"그건 아는데요……."

"그라모 뭐?"

"아, 아닙니다."

나라고 뭐 훈련받고 싶어서 안달 난 건 아니었다. 내가 코치님을 불러 세운 건 새별 선배 때문이다. 코치님이 매일같이 자리를 비우니 누가 그 자리를 대신했겠냐고. 모두 새별 선배에게 훈련을 받는데, 나는 그게 걱정스러웠다. 솔직히 말이 안 되는 거지. 새별 선배도 학생인데 훈련을 받아야지, 왜 다른 사람을 돕고만 있어?

게다가……

본 적 있었다. 새별 선배랑 상준 선배가 트레이닝 시간보다 일찍 나와서 훈련하는 모습을.

새별 선배는 기술을 당하는 쪽이었다. 유도는 특히나 몸을 많이 쓰는 운동이라 기술 상대를 오래하다 보면 몸이 금방 축나고 만다. 비슷한 체급과 경기 연습을 해도 한쪽이 일방적으로 기술을 당해 주는 역할을 하진 않는다. 그렇게 하다간 부상을 입을 가능성이 크기 때문이다. 코치님은 이런 불합리한 상황을 모르는 걸까.

왜 아무도 그 이상한 훈련에 대해서 이야기하지 않는 건지 모르겠다. 답답하고 바보 같다. 그래서 화가 나는 이상한 곳이다.

유 찬

밤 아홉 시. 아직 체육관에 불이 켜져 있다. 이 안에 누가 있을 지는 뻔하다. 거의 매일 늦은 밤까지 새별이 형이 남아 있으니까. 하지만 오늘 이곳에는 그 애가 있다. 새별이 형과 함께.

그 애를 떠올리는 것만으로도 위안이 되곤 했다. 그런데 지금, 하지오가 새별이 형과 둘만 있는 모습을 보니 화가 난다. 다른 사 람도 아니고 하필이면 새별이 형이다. 나도 모르게 주먹에 힘이 들어간다. 저 아이가 새별이 형에게도 위안이 될까 봐. 그래서 형 에게도 나처럼 평안이 찾아올까 봐.

"아, 아야. 아프다."

"몸이 이 지경인데 그럼 안 아파요? 아니, 멍이 왜 이리 많아 요?"

"운동하니까 많지."

"운동은 저도 하거든요? 그래도 이렇게 무식한 멍은 없어요."

나는 체육관 창문으로 지오가 새별이 형 등에 파스를 치익—
뿌리는 모습을 지켜본다.

"이러다가 죽어요, 죽어!"

지오의 잔소리에 새별이 형이 피식 웃음을 터트린다. 자신을
걱정하는 누군가가 꽤나 그리웠다는 듯이.

"선배 몸은 뭐 강철이에요? 몸이 불쌍하다, 불쌍해. 아니, 선배
는 왜 그래요? 이 사람 저 사람 다 훈련 봐 주고. 그것뿐이면 말
도 안 해. 상준 선배는 왜 선배를 못 잡아먹어 안달이래요?"

"아이다."

"아니긴. 저 다 봤거든요? 솔직히 선배가 상준 선배 상대해 주
면 누가 손해인데요? 선배 몸만 아작 나는 거지. 선발전 나가기
도 전에 몸이 반 토막 날 것 같아."

둘이 얼마나 친해진 건지, 지오가 반말을 툭툭 섞어 가며 이야
기한다. 투덜대지만 그 말끝에 걱정이 묻어 있다. 새별이 형 역시
그 사실을 모를 리가 없다.

"니는 이래 늦게까지 있어도 어른들 걱정 안 하시나?"

"누가 할 소릴. 선배는 부모님이 걱정 안 하세요?"

"없다."

"네?"

"부모님 안 계신다."

새별이 형이 옷자락을 툭툭 털고 일어난다. 지오의 얼굴에 연

민인지 동질감인지 알 수 없는 무언가가 스친다.

"저도 비슷해요. 엄마는 서울에 있고 아빠는…… 없는 거나 마찬가지라서요."

내가 남 경사 아저씨 이야기를 꺼냈을 때 화내던 모습과 달리 새별이 형 앞에서 지오는 어딘지 편해 보인다. 그리고 나는 지오의 그 편해진 표정이 신경 쓰인다.

"그럼 선배 혼자 살아요?"

"아니, 동생들이랑."

"동생들?"

"한 명은 육 학년이고 한 명은 삼 학년. 남동생이랑 여동생."

동생들 이야기를 하자 새별이 형 얼굴에 미소가 비친다.

형의 아버지는 동네에서 소문난 노름꾼에 알코올중독자였다. 돈이 생기면 사라졌다가 떨어질 때면 집에 들어와 폭력과 욕설을 일삼았다. 형의 어머니는 그걸 모두 견디고 견디다 막내를 낳은 지 일 년이 채 지나지 않아 돌아가셨다. 막내를 키우는 건 오롯이 형의 몫이었다. 그때 형의 나이 고작 아홉 살이었다. 동네 사람들은 '부모가 그 모양이면 자식이나 줄줄이 낳지 말지. 새별이가 무슨 죄가 있어 다 짊어지고 사느냐'며 혀를 차곤 했다.

"훈련 더 할 거가?"

"아니요. 그냥 있으려고요. 집에 가기 싫어서."

집에 가기 싫은 마음을 형은 누구보다 잘 알지도 모른다. 형에게 동생들은 살아갈 이유이기도 하지만, 때로는 무엇보다 무거운 짐이기도 하니까.

"그라모 우리 집 갈래? 짜파게티 끓여 줄게."

눈썹이 찌푸려진다. 선배라고 해도 아홉 시가 넘은 시간에, 그것도 남자 집에 가자니. 아무리 동생들이 있다 해도 그건 아니지 싶다. 당연히 지오가 덥석 따라갈 리는 없겠지만.

"짜파게티 저 진짜 좋아하는데!"

신난다는 목소리에 한숨이 절로 나온다. 잠깐 멀리서 보기만 하다 가려고 했는데, 저 말이 내 발목을 붙잡아 세운다. 이 시간에 유도부도 아닌 네가 여기 왜 있느냐는 질문을 받을 게 뻔한데도 나는 두 사람 앞에 나타난다.

"아우, 깜짝아. 뭐야?"

"뭐긴 뭐야. 사람이지."

"그게 아니라…… 네가 왜 여기 있어?"

지오가 눈이 동그래져 말한다.

그리고 그 말을 정확히 이십오 분 뒤, 새별이 형 집에서 똑같이 내뱉는다.

"네가 왜 여기 있어?"

이번에는 지오뿐만 아니라 나 역시 놀란다. 새별이 형 집에 주유가 드러누워 TV를 보고 있어서다.

"그러는 느그는 뭔데? 이건 뭔 조합이고?"

놀란 건 주유도 마찬가지인지 나와 새별이 형 그리고 지오를 번갈아 바라본다. 이 상황에 태연한 건 새별이 형뿐이다. 새별이 형 동생들은 집에 온 손님들이 반가워 소리를 질러 댄다.

"교집합이 안 보이는데. 우리는 유도부라 치고, 찬이 니는 와 있노?"

주유가 눈을 깜빡이며 묻는다. 늦은 시간에 남녀가 한 집에서 짜파게티를 먹는 게 신경 쓰여 왔다고 할 수도 없고, 그저 어깨를 으쓱할 뿐이다.

형의 집은 오래된 주택이다. 거실은 없고 방 두 칸에 주방이 전부다. 화장실조차 밖에 있고 씻는 곳도 화장실에 붙은 작은 수돗가가 전부다. 오래된 집에서는 쿰쿰한 냄새가 나고 벽은 온통 낙서로 가득하다. 변변한 옷장도 없고 책상 하나 보이지 않는다. 이곳이 익숙한 이유는, 오 년 전까지 나도 종종 놀러 왔던 기억이 있기 때문이다.

"그러는 너는 집 두고 왜 여기서 TV를 보는데?"

내 물음에 주유가 배를 벅벅 긁으며 답한다.

"라면 먹을라꼬 왔는데."

"헐. 너도? 나도."

주유의 말에 지오가 맞장구를 친다. 그놈의 라면이 뭐라고 다들 여기서 라면을 먹겠다는 건지 이해가 가지 않는다.

"다들 앉아라. 라면 물 끼릴게."

형이 말하자 동생들은 물론이고 주유와 지오까지 모두 손을 들고 소리 지른다. 그 모습에 새별이 형이 웃는다. 꼭 예전처럼. 나는 또 입술을 깨물고 만다.

"근데 이 집에 라면이 왜 이렇게 많아? 종류별로 다 있어."

지오의 물음에 주유가 답한다.

"새별이 오빠야가 유도 꿈나무다 아이가. 여기저기서 지원이 많다. 학교 유도부 동문에서도 주고 마을회관에서도 주고 면사무소에서도 주고. 아 맞다! 오빠야, 학교마트 아줌마가 파김치 담갔다고 주길래 냉장고에 넣어 놨데이."

"파김치? 대박."

지오는 파김치를 좋아한다면서 노래를 부르며 새별이 형을 따라 주방으로 간다. 그 뒤를 막내 여동생이 졸졸 따르고, 지오와 막내는 '나나나 너너너'거리는 이상한 노래를 함께 부른다.

마을 사람들은 오랫동안 침체기를 맞은 유도부에서 다시 영광을 찾으려 하고 있다. 그 영광을 되찾아 줄 사람이 새별이 형이라고 믿으면서.

형이 훈련을 하는 동안 마을 사람들은 당번을 정해 동생들을 돌봐 준다. 그게 주유가 이 늦은 시간 이곳에서 라면을 먹고 있는 이유이다. 이렇게 모두가 새별이 형네를 지켜 주는 것도, 이 마을의 영광을 되찾아 줄 희망이 새별이 형이라는 것도, 모든 게 못마땅하다.

"아직도 당번인지 뭔지 그거 해?"

"그래 봐야 한두 달에 한 번이다."

너무도 당연하다는 듯한 그 말투가 목구멍을 틀어막는다. 나는 한숨 같은 숨을 내뱉고 어느새 훌쩍 커 버린 형의 동생들을 바라본다. 내 안에서 수십 개의 마음이 갈라져 싸워 댄다. 미움과 그리움이, 분노와 동정이 뒤섞인다. 더는 견디지 못한 마음이 터져 버릴 것만 같아 결국 도망치듯 그곳을 빠져나온다.

하아. 하아, 아.

습하고 눅눅한 바람이 뺨에 닿는다. 여전히 숨은 잘 쉬어지지 않고 머리가 띵하게 아파 온다.

"찬아, 괜안나?"

새별이 형이다. 형이 나를 걱정스럽게 본다. 나는 아무 대답도 하지 않는다. 그저 그 자리를 벗어나고 싶을 뿐이다.

"어데 아프나?"

"됐어. 괜찮아."

내가 발걸음을 옮기는 사이에도 새별이 형의 속마음이 자꾸만 내 귀를 때린다. 미안하다고, 정말 미안하다고 말하는 형의 속마음이 내 가슴을 짓누른다. 그때서야 나는 내가 울고 있다는 걸 깨닫는다.

형이 알고 있다.

그날, 화재의 원인이 형이라는 사실을 내가 알고 있다는 걸.

하 지 오

    여기서 내가 버틸 수 있는 건, 아빠라는 사람이 파출소에서 교대 근무를 하기 때문이다. 그 얘기는 등하교 시간에 파출소 쪽으로 가지만 않으면 마주칠 일이 없다는 뜻이다. 문제는 교대 시간에 딱 걸리면 오늘처럼 마주하게 된다는 거지만.

    "용돈 떨어졌제?"

    "지난번에 주신 거 아직 있어요."

    "아이다. 받아 놔라."

    그러다가 그걸 본 거다. 아저씨의 오른팔에 살결이 거무죽죽하고 주글주글한, 꼭 화상처럼 보이는 흉터가 있다는 걸.

    "그건 왜 그래요?"

    "어? 아 이거, 별거 아이다."

    사실 정말로 궁금했던 건 아니다. 싸움닭들이 모여 사는 곳에서 경찰을 하니 별의별 일이 다 있었겠지. 비슷한 흉터가 새별 선배한테도 있어서 물은 거뿐이다.

새별 선배가 훈련 끝나고 파스를 뿌리고 있길래 도와준 적이 있다. 선배도 목에서부터 팔뚝까지 흉터가 있었다. 그땐 그냥 다쳤나 보다 했는데, 똑같은 흉터가 아저씨에게도 있으니 궁금했던 거뿐이다. 괜히 물어봤나, 어쩐지 억울해졌다.

나 아저씨한테 완전 관심 없거든요?

*

그토록 간절한 사람은 처음 봤다. 새별 선배를 보고 있으면 나는 저렇게 유도를 한 적이 있었던가 싶다.

"선배는 유도가 그렇게 좋아요?"

"니도 좋아하잖아, 유도."

선배가 웃는데 그 웃음에 '넌 유도가 그렇게 좋아?'라고 묻던 엄마 얼굴이 비쳤다. 씁쓸해졌다. 분명 나도 유도가 좋아 죽던 때가 있었는데. 자기 전에 어떻게 하면 유도를 잘할 수 있을지 고민하고, 눈 뜨자마자 유도부터 생각하던 때가 있었다. 소원을 빌 때면 언제나 유도를 잘하게 해 주세요, 라고 빌던 시절 말이다.

"저는…… 그냥 할 줄 아는 게 이것밖에 없어서 하는 거고요. 선배랑은 달라요."

"원래 가까이 있을 때는 소중한 걸 못 느낀다."

"뭔 소리예요?"

선배는 그저 사람 좋은 웃음을 슬쩍 짓고 말았다. 고작 한 살차이인데도, 꼭 열 살은 더 많은 어른 같다.

"내가 은혜 갚을 방법이 유도뿐이라서 그런다."

"은혜요?"

"우리 엄마 돌아가셨을 때 우리 막내 돌도 안 됐었다. 나는 아홉 살이고 동생들은 빽빽 울고. 나도 무서워서 진짜 많이 울었다. 근데 동네 사람들이 먹을 거 입을 거 다 갖다주시드라. 시에서 도움받게 도와주셔서 내랑 동생들, 그 덕분에 살 수 있었다. 죽을 때까지 갚아도 다 몬 갚는 거 아는데, 그나마 내가 할 수 있는 기 금메달 따는 거다 아이가. 그래가 내 동생들, 동네 사람들 다 기쁘게 해 주는 거. 그게 내가 할 수 있는 거니까, 그래서 할라고."

그 이야기를 듣는데, 내가 만약 승리의 여신이라면 이런 사람 목에 금메달을 걸어 주겠구나, 하는 생각이 들었다.

"이새별."

"네, 선배님."

"오늘은 업어치기 좀 하자."

상준 선배의 부름에 새별 선배는 두말없이 따라갔다. 기술을 당하는 쪽은 언제나 새별 선배였고, 바닥에 나뒹굴어 고통받는 것도 새별 선배였다. 그래서 새별 선배 몸에 그런 멍이 들었던 거다. 도저히 참을 수 없었던 내가 한 발 나서려는데, 내 앞을 주유가 막아섰다.

"끼어들지 마라."

"저게 정상이야? 네 눈에는 그래 보여?"

"안다. 그래도 끼어들면 안 된다. 상준 선배네 집에서 새별 선배 운동하라고 도와주신다. 지금 니가 끼어들어서 훈련 방해하믄 나중에 새별이 오빠야 더 힘들어진다."

"아무리 그래도 둘이 체급이 너무 다르잖아."

새별 선배가 큰 키에 호리호리한 몸이라면 상준 선배는 떡 벌어진 어깨에 체격도 다부진 편이다. 나는 언제라도 새별 선배가 툭, 하고 부서져 버릴 것만 같아서 아슬아슬하게 느껴졌다.

"그래도 우짜노? 그쪽에서 새별이 오빠야 훈련비며 생활비며 죄다 지원해 주는 조건이 상준 선배 훈련 도와주는 건데. 새별이 오빠야한테는 유도가 전부다. 괜히 나서서 그거마저 뺏기게 하지 마라."

"그치만 저러다가 진짜 큰일이라도 나면……."

"네가 책임질 수 있는 거 아니모 나서지 마라."

그 말이 얼마나 무섭게 내 가슴을 짓눌렀는지 모르겠다.

"상준 선배 삼 학년이다. 인자 한 학기만 버티면 졸업할 끼고, 선발전까지만 버티면 된다."

주유의 말이 나를 한 발짝도 움직이지 못하게 만들었다. 쿵, 쿵, 소리를 내며 바닥으로 처박히는 새별 선배를 볼 때마다 눈을 감아야 했다. 아무리 생각해도 나는 그게 연습으로 보이지 않았다. 그건 괴롭힘이었고 일방적인 폭행이었다.

그런 건 유도가 아니었다.

"그럼 유도는 뭔데?"

내 말에 유찬이 물었다. 어딘지 못마땅하다는 표정이었다.

새별 선배가 바닥으로 고꾸라지고 처박히고 내쳐져서 온몸이 멍투성이가 되었다는 이야기를 듣고도 그런 질문이 나올 수 있는 건가?

유찬에게 부탁을 했다. 상준 선배 속마음 좀 읽어 봐 달라고. 상준 선배가 진짜 훈련을 하는 건지 아니면 새별 선배를 괴롭히는 건지, 대체 무슨 마음으로 그러는 건지 알고 싶다고. 그랬더니 유찬은 유도가 원래 상대를 괴롭히는 거 아니냐고 되물었다.

"일방적으로 괴롭히는 건 운동이 아니라 깡패들이나 하는 싸움이지. 그게 뭐야. 유도는 기술과 힘으로 겨루는 운동이라고. 그래서 체급을 나누고 공정하게 싸우는 거야. 지금 새별 선배는 자기보다 한참 위 체급에게 일방적으로 당하고 있고……."

"당하고 있는 건지 아닌지 네가 어떻게 아는데?"

"새별 선배는 어떤 기술도 쓸 수 없고 가만히 서 있기만 해. 그게 당하는 거지, 뭐야?"

해를 가렸던 구름이 지나자 우리가 서 있던 나무 그늘 아래로 햇빛이 새어 들어왔다. 유찬이 인상을 찌푸리며 햇빛을 피해 뒤로 물러났다.

하늘하늘한 햇살이 나무 그늘 사이로 비쳐 들 때, 유찬의 앞머리 끝에 걸린 햇빛이 얼마나 비현실적이었는지 그 애는 영원히 모르겠지.

그러고 보니 유찬은 유달리 햇빛을 싫어했다. 늘 교실 안에 있거나, 체육관 수업이 아니면 체육 수업을 듣지도 않았다. 점심시간에는 혼자 그늘에 앉아 할머니가 싸 준 도시락을 먹었다.

"너 뭐 햇빛 알레르기 같은 거 있어?"

"아니. 그런 거 없어."

유찬이 퉁명스럽게 대답했다. 나는 그 애 머리카락 위로 내리쬐던 빛이 사라져 아쉽기만 했는데 유찬은 어딘지 불편해 죽겠다는 표정일 뿐이었다. 아마도 내가 상준 선배 이야기를 꺼낸 게 못마땅한 모양이었다. 남의 일에 신경 쓰고 싶지 않다는 거겠지.

"아 됐어. 해 주기 싫으면 말아. 근데 주유 말 들어 보면 너랑 새별 선배 꽤나 친했다던데. 지금은 왜 사이가 틀어진 거야?"

"틀어져?"

"아니야? 네가 유독 새별 선배를 싫어하는 것 같아서."

오래전 일을 떠올리듯 생각에 빠진 유찬의 머리 위로 잠자리가 날아다녔다. 유찬이 한참 만에 입을 열었다.

"……새별이 형이 나한테 해선 안 될 짓을 했거든."

"해선 안 될 짓? 뭐 죽을죄라도 지은 거야?"

사실 반은 농담이었는데, 유찬이 그렇게 진지하게 받아들일 줄은 몰랐다.

"응. 죽을죄지. 죽어도 못 갚을 죄."

그때 유찬 표정이 얼마나 서늘한지, 더 이상 아무것도 물을 수가 없었다.

"너는 왜 유독 새별이 형을 신경 쓰는데."

내가 신경 쓰는 사람은 새별 선배가 아니라 너라고 말하고 싶은 걸 꾹 참았다.

"온몸이 멍투성이였다니까."

"나도 아파."

기운이 하나도 없는 얼굴로 유찬이 말했다.

"나도 아파 죽겠어. 머리끝에서 발끝까지 온몸이 멍투성이인데 아무도 보질 못해. 아프다고, 힘들다고 소리를 지르는데 아무도 못 들어."

"야, 너……."

유찬의 얼굴에 슬픔이 범벅되어 있었다. 지치고 아픈 아이처럼 눈에 눈물을 그렁그렁 매달고 나를 보는데, 이상하게 나는 유찬이 살려 달라고 말하는 것만 같았다.

"그러니까…… 내 걱정 좀 해 줘."

유 찬

삐비빅—

문제를 푸는 동안 맞춰 놓았던 타이머에서 알람이 울린다. 서둘러 알람을 끄니 정신이 얼떨떨하다. 시간 내에 고작 두 문제도 풀지 못한 나를 발견해서다. 의자에 등을 기대고 한숨을 내뱉는다.

펜 끝으로 의미 없는 선들을 끄적이다가, 무의식중에 그 선들이 하지오라는 이름으로 이어진다는 걸 깨닫고는 화들짝 놀라 펜을 놓아 버린다.

내 한숨 끝에 하지오, 그 애가 있다.

그저 그 애와 함께 있으면 평범해지는 게 신기했다. 나한테 무슨 일이 벌어지는 건지 궁금했고, 평안을 위해 그 애를 찾기도 했다. 하지만 이 이상한 감정은 뭘까, 혼란스럽다. 그 애를 생각하면 환해졌다가 이내 화가 난다.

이대로는 안 되겠다는 생각에 자리에서 일어나 밖으로 나간다. 머리를 맑게 하기 위해서였는데, 한참을 걷다 보니 어느새 체육관 앞이다. 밤 여덟 시 반. 늦은 시간이라면 늦은 시간임에도 체육관에는 불이 켜져 있다. 저 체육관 안에 그 애가 새별이 형과 함께 있으면 어쩌나 불안해지고 확인해야겠다는 생각만 든다.

새별이 형 혼자라는 걸 확인하고 나니 안도감이 든다. 동시에 형을 걱정하던 그 애의 얼굴이 떠올라 다시 불편해진다.

이제 알겠다. 하지오를 떠올릴 때 내가 느낀 화는 그 애를 향한 게 아니다. 내가 화가 났던 건, 그 애가 새별이 형 걱정을 하고 있었기 때문이다. 그 애 머릿속에 하필이면, 하필이면 새별이 형이 있다는 게.

형은 땀범벅이 된 채 누워 숨을 몰아쉬고 있다. 형 곁으로 다가가자 파스 냄새가 코를 찌른다.

"왔나."

형은 내가 갑작스레 나타났는데도 조금도 놀라지 않는다. 야생에서 사는 동물들은 뛰어난 감각으로 적으로부터 자신을 보호한다. 형 역시 그렇다. 보호받아야 할 때 보호자가 되어야 했기 때문일까. 형은 예민한 감각으로 내가 형을 지켜보고 있다는 걸 알았던 모양이다.

"물 줘?"

"아이다."

"그 삼 학년 선배 집에서 아직도 형 지원해 줘?"

형은 그저 고개를 끄덕인다.

"그 선배 졸업하면?"

"모르지. 우째 될란가."

"그럼 형한테 이번 전국체전이 동아줄이겠네. 선발돼야 다른 후원자도 찾을 수 있고."

새별이 형은 사람 좋은 미소를 띠며 웃을 뿐이다. 나는 형을 바라보지만 웃지는 않는다. 형을 보고 웃을 수 있는 날은 결코 오지 않을 테니까.

"그 선배 상대하는 거 그만둬."

"상준 선배 도와주는 게 내가 할 일이다."

"선배가 작정하고 괴롭히는 거 형도 알잖아."

상준 선배의 속마음을 듣는 일은 너무도 쉬웠다. 선배는 얼마 남지 않은 고등학교 시절을 잘 마무리하길 원했다. 하지만 원하는 만큼 실력은 늘지 않았고 전국체전에 선발 가능성조차 낮다는 걸 알고 있었다. 그만큼 집에서도 코치님에게서도, 그리고 스스로에게도 감당하지 못할 압박을 받고 있었다. 그 스트레스를, 입을 꾹 다문 채 고스란히 받아 주는 새별이 형에게 풀고 있었다. 자꾸만 실력이 느는 새별이 형을 증오하면서.

"괜찮다."

"아니, 괜찮아도 하지 마. 그 선배가 무리한 부탁을 하면 거절

해. 일반적이지 않은 훈련을 하자고 하면 싫다고 하고 상식적이지 않은 말에는 상대도 하지 마."

"걱정……해 주는 기가."

"형 걱정하는 거 아니야."

내가 할 수 있는 한 가장 차가운 얼굴로, 가장 메마른 목소리로 답한다.

"형 때문에 누가 아파해. 걱정하고 마음을 써. 나는 그게 싫어. 그 애가 형 걱정하는 거, 마음 쓰는 거 다 싫다고. 그러니까 형 몸은 형이 챙겨. 다른 사람 신경 쓰이게 하지 말고."

내 할 말을 마치고 뚜벅뚜벅 걸어 나온다. 뒤에서 새별이 형의 낮고 슬픈 속마음이 들려온다. 미안하다고, 면목이 없다고 사죄하고 또 사죄하는 소리가 들린다. 그 소리가 끝도 없이 흘러나와 내 귓가에 소용돌이를 만든다.

그리고 나는 이 순간에도 하지오, 그 애 생각을 한다. 그 애의 머릿속에서 새별이 형을 지웠으면 좋겠다고, 그 얼굴로 그 목소리로 새별이 형이 아니라 나를 걱정해 주길, 내 생각을 해 주길 바라면서.

하지오, 그 애가 없어도 평범해질 수 있는 순간이 있다면 그건 늦은 밤이다. 이곳은 아홉 시만 되면 인적이 뚝 끊기니까. 덕분에 밤이 되면 귀를 틀어막는 에어팟이 없어도 무사히 걸을 수 있다. 그럼에도 나는 밤이 두렵다. 밤은 내내 나를 두렵게 만든다.

하지만 오늘 밤만은 두렵지 않을지도 모른다. 그런 기대를 만드는 이유가 저기, 골목에 서 있다.

"어디 갔다 오나 봐?"

하지오, 그 애가 서 있다.

그냥 골목에 서 있기만 한 게 다인데, 어두웠던 골목은 어느새 밝아지고 여름밤의 습한 바람이 시원하게 느껴진다. 그때서야 나는 내가 그 애를 보고 싶어 하고 있었음을 깨닫는다.

"주유한테 물어봤어. 너 어디 사냐고."

"왜. 새별이 형 때문에?"

"아니, 너 때문에 온 거야. 그냥 네 생각이 나서."

지오의 입가에 미소가 걸린다. 나는 지오를 마주할 때면 그렇듯 하나부터 열까지 지오에 대한 모든 걸 놓치지 않으려고 한다.

"사실 집에 들어가기 싫기도 했고."

지오가 신발을 바닥에 툭툭 두드리며 말한다. 지금 이 순간, 그 애가 무슨 생각을 하는지 궁금해진다.

"내가 말했던가. 우리 엄마 열일곱 살에 나 임신했다고. 그때 아빠가 열여덟 살이었는데 배 속에 내가 있는 걸 알고는 무서워했대. 엄마는 하나도 안 무서웠는데 아빠는 무서워서 벌벌 떨더래. 그게 불쌍해서 엄마 혼자 날 낳기로 결심한 거야."

지오가 나와 눈 한 번 마주치지 않고, 남의 이야기를 하듯 덤

덤하게 자신의 이야기를 한다. 주황색 가로등 아래 지오의 짙은 그림자가 길게 뻗어 있다. 마치 스포트라이트를 비추듯, 온 세상이 그 아이만을 비추고 있다.

"태어나서 한 번도 아빠를 본 적이 없었어. 실은 아빠가 있는 줄도 몰랐어. 그렇게 지금까지 살았는데 갑자기 아빠랑 살게 된 거야. 내 세상은 뒤집어졌는데 다른 사람들 세상은 그대로더라. 그 생각만 해도 막 화가 났어."

이제야 지오가 고개를 들어 내 눈을 바라본다. 지오의 눈이 가로등에 비쳐 반짝인다. 그 반짝임에 나도 모르게 지오의 눈을 피해 버리고 만다.

"아저씨는 널 무서워했어. 네가 용서하지 않을 거라고."

"여전하네. 태어나기 전이나 지금이나. 내가 그렇게 무섭나."

씁쓸하게 웃는 지오를 보면서, 더는 아무 말도 해서는 안 된다고 생각했지만 지오의 슬픔이 나를 멈추지 말라고 보챈다.

"나는 남 경사 아저씨가 더 많이 무서워했으면 좋겠어."

"응?"

"편하게 잠을 잘 수도 없고 마음을 놓을 수도 없으면 좋겠어. 밤낮 없이 매순간 머리가 아팠으면 좋겠어. 네가 아저씨를 그렇게 만드는 존재인 것 같아서 반가웠어."

무슨 말인지 그 의미를 알 수 없어 당황해하는 지오 앞에서 결국 나는 나를 멈춰 세우지 못한다.

"오 년 전에 불이 났어. 늦은 밤이었고 평소랑 다를 게 없는 날이었어. 우리 가족 모두 잠들어 있었고 불이 났다는 걸 알아차렸을 땐 너무 늦어 버렸어."

이야기를 하는 내내 덤덤해서 스스로에게 놀란다. 한 번도 입 밖으로 꺼내지 못한 이야기가, 마치 지오에게 하기 위해 기다리기라도 한 것처럼 스스럼없이 흘러나온다.

*

"엄마! 아빠!"

소리를 질렀다. 문밖에서 불길이 활활 타오르는 게 보였다. 본능적으로 나갈 수 없다는 걸 알았다.

사람들이 지옥을 떠올릴 때 왜 불길로 휩싸인 곳을 떠올리는지 그날 알게 되었다. 모든 것을 깨우고 모든 것을 사라지게 만드는 게 바로 불이었으니까. 불이 타는 소리가 얼마나 소름 돋는지, 얼마나 큰 소리를 내는지 그토록 가까이에 있어 보지 못한 사람은 결코 알 수 없을 거다.

숨을 쉬면 숨결에도 불길이 붙는 듯했다. 매캐한 연기가 피부와 눈에 닿았다. 날카로운 발톱을 내민 불길이 사방을 할퀴는 동안 내가 할 수 있는 건 겁에 질리는 것 말고는 아무것도 없었다.

그 끔찍한 불길이 어디서부터 시작됐는지 알 수 없었다. 불 속에서 엄마 아빠를 외치며 두려워하고 있을 때, 기적처럼 엄마와 아빠가 내 방 문을 열고 뛰어들어와 나를 부둥켜안았다.

그날 나만 그곳에서 살아남았다. 일 층에 있던 엄마 아빠가 이 층 내 방으로 달려오는 대신 밖으로 나가는 걸 선택했다면 살았을 거란 사실을 나중에야 알았다. 엄마 아빠가 날 꼭 껴안고 있어 준 덕분에 내 몸이 화기에 노출되지도, 연기에 질식하지도 않았다는 것도.

우리 아들, 걱정하지 마. 엄마가 지켜 줄게.

무슨 일이 있어도 살아야 한데이. 우리 찬이 니는 꼭…….

불길이 잦아들고 내가 실려 나올 때까지 나는 부모님이 돌아가신 걸 알지 못했다. 엄마 아빠의 목소리가, 불이 난 순간부터 모든 상황이 끝날 때까지 나를 지켜 주겠다는 그 목소리가 오래도록 들려왔기 때문이다. 불길 속에서, 매캐한 연기 속에서 사람은 그렇게 또렷하게 말할 수 없다는 걸 뒤늦게 알았다. 내 귓가에 울리던 소리가 엄마 아빠의 속마음이라는 사실도.

그래서였을까. 엄마 아빠가 죽고 나 혼자 살아남았기 때문이었을까. 그날 이후, 들려서는 안 되는 것들이 들리기 시작했다.

한 번도 궁금해한 적 없던 다른 사람의 속마음들이 제멋대로 들려왔다. 듣고 싶지 않아도 들어야 했다.

이 일을 우째하면 좋노. 누가 불을 냈는지 사람들이 알모 난리가 날 낀데. 이걸 숨겨가 될 일이 아일 낀데……

엄마 아빠의 장례식장에서 들려왔던 누군가의 속마음까지도.

*

"처음 이야기하는 거야. 다른 사람한테는."

"그게 무슨……. 그럼 누가 불을 냈다는 거야?"

"……."

"그런 일이…… 있는 줄은 몰랐어."

울먹이는 지오 앞에서 나는 더 끔찍한 이야기를 해야 할지 말아야 할지 망설이다 남은 이야기를 마저 끝내기로 마음먹는다.

"장례식장에서 그 끔찍한 목소리의 주인을 찾으려고 했었어. 근데 아무도 내 말을 믿어 주지 않는 거야. 사람들의 속마음이 들린다고, 분명히 들었다고 말하면 다들 내가 꿈을 꾸었거나 너무 큰 충격을 받은 거라고 했어."

"그럼 불을 낸 사람이 누군지 못 찾은 거야?"

"가스 유출로 인한 화재. 경찰이 이렇게 종결해 버렸어. 너무 쉽게 처리되더라. 허탈할 만큼."

"제대로 조사조차 못 했다는 거야? 그러면 안 되는 거잖아."

"그러고 나서야 알았어. 그날 장례식장에서 들었던 목소리가 너희 아빠, 남 경사 아저씨라는 거."

"……말도 안 돼."

이야기가 끝나자 지오의 얼굴에서 핏기가 사라진다.

"아저씨는 알고 있었어. 불을 지른 사람이 누구인지. 그런데도 우리 집 화재 사건을 그렇게 종결해 버렸어. 마을 사람들이 동의해서 한 일이었어. 근데 난 알거든. 그게 진실이 아니란 거. 우리 가족을 죽인 누군가의 잘못을 덮어 주려고 서둘러 처리해 버렸다는 거."

그날 밤.

마을 사람들은 새별이 형을 지켜 내고 나의 모든 것을 빼앗았다. 마을 사람들은 아무 일 없었다는 듯 살아갔고 나는 천천히 죽어 갔다.

하지오

　사람은 사람을 어디까지 증오할 수 있을까.

　유찬의 이야기를 듣고 난 뒤 걸어가는 내내, 내 팔에는 소름이 돋아 있었다. 내 몸에 아빠의 피가 절반이나 있다는 게 너무 가혹해서 할 수만 있다면 모두 뽑아 버리고 싶었다.

　대체 그 사람은 어디까지 날 실망시키는 걸까? 엄마와 날 버린 것만으로 부족했던 걸까? 도대체 왜…… 왜 그런 끔찍한 짓을 한 걸까.

　"왜 그랬어요?"

　난데없이 파출소에 나타나 왜 그랬느냐고 묻는 나에게 아저씨는 놀란 표정을 지을 뿐이었다.

　"왜 그랬느냐고요. 도대체 왜!"

　"그기 무슨……."

　"태어나게 해 달라고 바란 적 없어요. 마음대로 만들어 놓고 무섭다고 도망을 쳐요? 나는요, 더 무서웠어요. 그때는 너무 어렸다는 그런 개소리 할 거면 집어치워요. 나는 더 어렸거든요."

아저씨는 고통받고 있었다. 무지막지한 칼이 몸을 관통하기라도 한 것처럼. 나도 알고 있다. 내 말이 칼날이 되어서 아저씨를 찌르고 있다는 걸. 하지만 나는 그래도 되지 않나? 충분히 그래도 되는 사람 아닌가.

"도대체 어디까지 실망해야 해요? 나랑 엄마로는 부족해요? 뭔데, 당신들이 뭔데 마음대로…… 한 사람 인생을 망쳐 놓냐고요! 어떻게 그런 일을 벌이고…… 어떻게……."

"……아부지가 니한테 면목 없다."

"무슨 아버지요? 한 번도 아빠 같은 건 없었어요. 엄마 배 속에 나라는 존재가 생겨난 순간부터 부정당하고 버려지기로 예정된 애. 그게 저거든요."

아저씨는 내 모질고 뾰족한 말을 웅크리고 들을 뿐이었다. 엄마였다면 왜 그렇게 못된 말을 하냐고 나무랐을 텐데, 아니 보통의 부모였다면 그랬을 텐데 아저씨는 내게 그런 말조차 하지 못했다. 자격이 없다는 걸 알고 있어서겠지.

"지금도 봐요. 나는 여전히 아빠라고 부르지도 못하잖아요. 태어나선 안 되는데 이렇게 멀쩡히 살아 있어서 답답하시겠어요?"

그 말은 어떤 말보다 날카로웠던 모양이다. 아저씨는 칼에 깊이 찔린 사람처럼 어깨를 들썩였고 눈동자가 흔들렸다.

"내 이름도 못 부르면서."

할 수만 있다면 더 못돼지고 더 날카로워지고 싶었다. 유찬의 아픔을 어떻게 책임지려는 걸까. 왜 그런 끔찍한 일을 벌인 걸까.

너무 화가 나서 무슨 말을 퍼부었는지도 기억나지 않았다. 그 길로 파출소를 달려 나와 무작정 뛰었던 것만 생각났다. 한참을 뛰고 또 뛰는데 누가 날 붙잡아 세웠다. 심장이 쿵쾅거려서 터질 것 같을 때, 새별 선배가 보였다.

"니 괜찮나?"

잔뜩 놀란 눈으로 나를 내려다보고 있었다.

"무슨 일 있나?"

나는 아무 대답도 못 하고 고개를 저어야 했다. 선배는 더 이상 묻지 않았다. 대신 내가 진정이 될 때까지 곁에 있어 주었다.

한참을 울고 나니 선배 앞에서 무슨 꼴을 보인 건가 싶었다. 눈물을 닦고 코를 훌쩍이는데 민망한 마음이 들었다.

"동생들은요?"

"집에."

"가 봐야 하는 거 아니에요?"

"이따가 가도 된다."

어디선가 개구리 울음소리가 들렸다. 아니, 사방이 개구리에 포위된 느낌이었다. 엄청나게 많은 개구리들이 높낮이가 다른 소리들로 마구 울어 댔다.

"오늘 일은 비밀로 해 주세요. 저 지금 무지하게 쪽팔리거든요."

내 말에 새별 선배가 피식 웃음을 터트렸다. 선배는 어쩜 늘 웃을 수 있는 걸까.

"선배는 좋겠어요. 착하잖아요. 저는 가끔 제가 싫을 정도로 못된 짓을 하거든요."

선배는 잠시 말이 없었다. 그러고는 자리에서 일어나 중얼거리듯 말했다.

"나는 화를 낼 자격조차 없다. 내 때문에 너무 많은 사람이 다쳤거든."

순간 멍해졌다. 새별 선배가 한 걸음을 떼고 조금씩 거리를 벌려 가는 동안에도 나는 아무것도 하지 못하고 새별 선배의 뒷모습만 바라보았다. 한 걸음, 두 걸음. 선배가 멀어질 때마다 유찬의 목소리가 들려오는 것 같았다.

'우리 가족을 죽인 누군가의 잘못을 덮어 주려고 서둘러 처리해 버렸다는 거.'

'새별이 형이 나한테 해선 안 될 짓을 했거든.'

숨이 잘 안 쉬어지고 심장이 미친 듯이 빨리 뛰었다. 설마…… 아닐 거야. 멀어지는 선배를 보면서 나는 휘청거리며 왔던 길을 되돌아갔다. 확인해야 할 게 있었으니까.

"한 가지만 물을게요. 한 치의 거짓도 없이 솔직하게 말해 줄 수 있어요?"

내가 다시 돌아오자 놀란 아저씨가 고개를 작게 끄덕였다. 아저씨 눈이 빨갛게 충혈되어 있었다.

"오 년 전 이 마을에 큰불이 났었죠? 그때 무슨 일이 있었는지 말해 줘요."

"네가…… 그걸 와 묻는데?"

아저씨의 빨간 눈에 잔뜩 경계심이 서렸다. 어깨는 경직되었고 숨은 점점 더 거칠어졌다. 시간을 끌어 봤자 솔직하지 않은 말만 나올 거라는 생각에 곧바로 묻기로 했다.

"새별 선배가 방화범이에요?"

아저씨는 흔들리는 동공으로, 떨리는 손으로, 시뻘겋게 달아오른 얼굴로 대답을 대신했다. 그게 끝이었다.

"다 알면서 왜 덮은 거예요? 새별 선배가 유도부라서? 유도를 잘하니까? 이 마을에서 죽고 못 사는 망할 유도 때문에, 사람이 죽었는데 그냥 없던 일로 만든 거냐고 묻잖아요!"

"아이다. 그걸 우째 알았는지 몰라도 네가 생각하는 그런 거 아니다."

"아니면 뭔데요? 사람이 죽었는데, 그것 때문에 삶을 통째로 잃어버린 사람이 있는데 어떻게…… 그런 끔찍한 짓을."

"그런 게 아이고……."

"무서워."

한 걸음 다가오는 아저씨를 피해 한 걸음 물러났다. 무섭다는 말에 아저씨의 눈이 커졌다. 빨갛던 얼굴은 이제 하얗게 질려 가고 있었고, 상처 입고 베이고 짓이겨진 사람이 그러하듯 일그려졌다. 상관없었다. 유찬은 그 고통을 매일같이 느껴야 했을 테니까. 더는 아저씨 얼굴을 보고 싶지 않았다. 뒤돌아서는 내 뒤로 아저씨 목소리가 들렸다.

"추웠다 카드라."

떨리는 목소리가 내 발걸음을 잡았다. 나는 뒤돌지도, 나아가지도 못한 채 그대로 멈춰야 했다.

"십이월이었다. 육십 년 만의 한파라 캤나. 오만 게 다 얼어붙을 정도로 추운 날이었다. 새별이가 파출소를 찾아와가 그라는 기라. 지가 불을 지른 것 같다고. 그게 무슨 말이냐고 물었드만 새별이 가가 그라데. 너무 춥더라꼬. 몸이 벌벌 떨릴 만큼 추운데 집에 들어가기가 무서웠다는 기라."

유 찬

　아빠는 이곳을 참 좋아했다. 아빠의 고향이자 할머니의 고향이기도 한 이곳을.

　정주. 아빠는 이 도시의 이름에 '자리를 잡고 산다'는 의미도 있다고 했다. 서울에 살 때 엄마 아빠는 집에 들어와도 계속 떠도는 느낌이었다고 했다. 그래서일까. 이곳으로 이사 오고 나서야 비로소 집에 머무는 것 같다는 말을 자주 했다.

　엄마 아빠와 달리 나는 이곳에 익숙해지는 데 시간이 걸렸다. 방금까지도 큰소리를 내며 싸워 대던 사람들은 다음 날이면 언제 그랬냐는 듯 웃으며 인사를 건넸다. 그런 모습이 내 눈엔 이상해 보였다.

　두 분이 돌아가신 뒤로 내가 여기 머물 이유는 없었다. 하지만 나는 떠나는 대신 계속 머물기로 했다. 할머니 곁에 있고 싶은 마음도 있었지만 가장 큰 이유는, 새별이 형이 어떻게 살아가는

지 지켜보기 위해서였다.

장례식이 끝난 뒤로 나는 밖으로 나가면 들려오는 소음들을 견딜 수가 없었다. 그런데 어느 날부터 방에 틀어박혀 있어도 누군가의 소리가 들리기 시작했다.

죄송하다고, 절대로 잊지 않고 살겠다고. 결코 행복해지는 일 따위는 없을 거라고. 평생을 속죄하며 살겠다고.

새별이 형은 매일같이 할머니 집 담벼락 앞에서 기도하듯 사죄했다. 그렇게 알게 되었다. 우리 집에 이유 모를 불이 났던 날, 새별이 형이 우리 집과 멀지 않은 빈 밭에서 불을 피웠다는 걸.

장례식이 지나고 어른들이 마을 회관에 모였던 날. 나 역시 장례식장에서 들은 목소리를 찾아 몰래 마을 회관에서 들려오는 이야기에 귀를 기울였다. 그곳에서 남 경사 아저씨는 새별이 형이 몸을 덜덜 떨면서 찾아왔다며 이야기를 시작했다.

"이기 뭔 소리고? 새별이가 와 파출소에 갔었단 말이고."

"추웠다 카데예. 너무 춥더라꼬."

형이 유도를 시작한 지 얼마 되지 않았던 때였다. 아직 중학생도 안 됐는데 유도 실력이 눈에 띌 만큼 뛰어나다고 했다. 아홉 살 때 가장이 된 형에게 유도는 자신의 삶이라 할 수 있는 유일한 것이었다.

변변찮은 옷을 입고 난방이 잘되지 않는 집에서 형은 몸을 떨었을 것이다. 먹을 것을 동생들에게 양보하고 나면 형은 고픈 배를 부여잡고 운동을 했다. 그렇게 하루하루를 버티던 형은, 그날 따라 몸이 부서질 만큼 추웠다고 했다. 파랗게 질린 몸으로 동생들이 있는 집으로 들어가기 무서웠다고, 그래서 아무도 사용하지 않는 빈 밭에서 나뭇가지를 주워 불을 피웠다고 했다. 가스불도 잘 켜지지 않던 형의 집에는 동네 어른들에게 얻어 온 라이터들이 굴러다니곤 했으니, 불을 피우는 게 어렵지 않았을 터였다.

"분명히 불 다 껐다꼬. 몇 번이나 확인했다데예. 불이 날 줄은 몰랐다 카믄서."

아직 어른이 되기에는 너무도 작고 마른 열세 살짜리 아이의 울부짖음에 남 경사 아저씨는 무거운 한숨을 내쉴 수밖에 없었다고 했다. 아저씨의 이야기를 들은 마을 어른들의 입에서도 탄식 같은 한숨이 터져 나왔다.

"우짤 끼고?"

"우짜긴 뭘 우짜노. 새별이 얼굴 못 봤나? 그기 아 얼굴이가? 줄줄이 동생들은 우짤 낀데."

"그래도 형님, 불이 났심더. 사람이 둘이나 죽었다 카이."

"유찬이 금마는 어무이 아부지 한날한시에 잃고 제정신이 아니란다. 헛게 들린다 캐싸코 마, 난리도 아이다."

"그라모, 새별이가 진짜 불을 질렀다는 증거가 있는교?"

"그거는 아이고요, 새별이가 추워서 아무도 없는 밭에서 불을 피웠다 안 캅니까. 말로는 다 끄고 갔다 카는데, 그게 원인이 된

게 아인가……."

번영에서 화재로 사람이 죽은 건 처음 있는 일이라고 했다. 마당에서 쓰레기를 소각하고, 빈 논에서 지푸라기를 태워도 큰불로 이어진 적은 한 번도 없었다고 했다. 서로의 언성이 높아질 무렵, 생각에 잠겨 있던 이장님이 입을 열었다.

"파출소 소장님 생각은 어떻습니꺼."

"새별이 인자 열세 살입니다. 만으로 해 봐야 열두 살, 생일 안 지났으믄 열한 살입니더. 고의적으로 집에 불을 지른 것도 아이고, 실수였는 데다가 경찰서로 와가 바로 자수도 했습니다. 무엇보다, 새별이가 피운 불이 화재의 직접적인 원인이라는 증거도 없고예."

소장님의 말을 들은 이장님이 큰 숨을 내쉬더니 대답했다.

"마 됐다. 아가 억수로 추위가 몸 녹일라고 불 피웠다 안 카나. 가가 추위에 벌벌 떨 동안 다들 뭐 했노? 이 마을에 어른이 읎나, 집이 읎나. 열세 살짜리 얼라가 벌 받는다 카믄 우리 다 받아야지, 하모! 가 아부지 정신 똑바로 안 박힌 놈인 거 여기 모르는 사람 있으면 손 한번 들어 봐라. 그라모 가 엄마 죽은 거 모르는 사람 있으면 손들어 봐. 그라모! 가가 아홉 살 때부터 혼자 동생들 먹여 살리느라 아등바등하면서 크는 거 모르는 사람 있으모 손들어 보란 말이다."

"그래도 유찬이 어무이 아부지는 뭔 죄가 있는교. 가가 서울서 여까지 내려와가 을마나 좋아했는데예."

"새별이를 처벌해가 죽은 사람들이 살아 돌아온다 카믄 그래 해야지. 근데 살아 돌아오나?"

이장님 말에 아무도 대답하지 못했다. 그저 혀를 찼고 고개를 숙일 뿐이었다. 그때 누군가 나지막이 말했다.

"고마 됐심니더. 이래 덮어 두는 깁니다. 아무 일도 없듯이, 그냥 그래 덮으십시다."

모두가 하나 되어 우리 엄마 아빠의 죽음을 없던 일로 만들었다. 그렇게 내 증오는 정처 없이 떠돌다 마을 사람 모두에게 새겨졌다.

가끔은 궁금하다. 그날, 마을 회관에 모였던 사람들이 새별이 형을 딱하게 여기지 않았더라면, 죽은 사람과 남은 사람을 위해서라도 잘잘못을 따졌더라면, 그랬다면 나도 형을 용서하고 진심으로 응원할 수 있었을지.

하지오

언제부터인가 현관에 도시락이 놓여 있다. 내키지 않아도 밥은 챙겨 먹으라는 듯이. 내가 집으로 돌아와 이 층으로 살금살금 올라오고 나면 아줌마가 주방으로 나오는 소리가 들렸다. 그러고는 온 집에 음식 냄새가 가득 퍼지도록 바쁘게 요리를 했다. 그 냄새가 뭐였는지는 다음 날 아침 내 도시락에서 밝혀졌다.

오늘도 허겁지겁 씻고 일 층으로 달려 내려가는데 현관에 도시락 대신 아줌마가 서 있었다. 커다랗게 부른 배가 무거운지 한 손으로 허리를 짚은 채였다.

"지금 나가나?"

"네? ……아, 네."

아줌마를 마주 보는 게 얼마나 어색한지, 어떻게 하면 여기를 빠져나갈 수 있을까 머리를 굴리고 있을 때였다.

"맨날 남한테 주듯이 현관 앞에 툭 놔두는 기 영 마음에 걸렸다. 그래가 오늘은 이래 손에 쥐여 줄라꼬."

도시락을 내 손에 쥐여 주는데, 차가운 아줌마의 손이 스쳤다.

'추웠다 카드라.'

추운 겨울, 불을 피우지 않고서는 견딜 수 없었던 작은 아이를 떠올렸다. 추위에 파래진 몸을 끌고 밤새 떨었을 작은 아이를 말이다.

도시락 같은 거 안 싸 줘도 된다고 말하려다가 이내 마음을 바꾸었다.

"고맙습니다. 잘 먹을게요."

생각지도 못한 친절을 받은 듯 아줌마 눈가에 주름이 잡혔다. 괜히 뻘쭘해져서 슬쩍 현관으로 나가려다가 물었다.

"저기…… 애기 성별이 뭐예요?"

"아들. 나중에 야가 유도 하고 싶다 카믄 가르쳐 줄 끼제?"

나는 대답 대신 꾸벅 인사를 하고 집을 나왔다. 그냥 오늘만큼은 누군가에게 상처를 주고 싶지 않았다.

이상하게 오늘따라 도시락이 더 무거웠다. 밥을 꾹꾹 눌러 담고, 따뜻한 반찬을 한가득 채워 넣은 온기가 참 따뜻하다는 생각이 들었다.

무슨 일이 벌어진 건지 알지도 못한 채, 기댈 어른 한 명 없던 작은 아이를 아저씨는 못 본 척할 수가 없었다고 했다. 어떻게 했어야 옳았는지 여전히 모르겠다면서. 문득 이 도시락의 온기가 그날 추위에 떨던 새별 선배에게 닿았다면 어땠을까, 하는 생각이 들었다.

어렵고 힘든 것들이 늘 그러하듯 답이 없는 문제는 언제나 가슴을 세게 짓눌렀다. 어쩌면 아무것도 모른 채 원망만 하는 게 가장 쉬운 일일지도 모른다.

맞다. 나는 늘 원망하는 쪽이었다. 엄마가 아픈 게 내 탓이라고, 날 버린 아빠와 사는 게 화가 난다고, 잘하는 건지도 모를 유도를 붙잡고 있는 게 버겁다고 징징대며 탓하기만 했다.

운동장을 몇 바퀴나 돌았는지 모르겠다. 땀이 눈을 가릴 정도로 흘러내렸다. 더 뛰다가는 심장이 터지겠구나, 싶을 때 코치님의 목소리가 들려왔다.

"어이, 하지오. 니 와 이리 열심히 하는데?"

코치님이 믹스커피를 호로록 마시며 나를 불렀다.

"저 원래 열심히 했는데요."

"참 나. 귀신을 속이라. 니 전에는 대충 시간만 길게 늘어뜨려 훈련해 놓고, 지금은 시키지도 않았는데 훈련한다 아이가. 뭐 때문에 그라노."

코치님이 개구쟁이 같은 표정으로 물었다. 시간을 때우려 훈련을 했다는 걸 알았던 걸까. 맨날 술이나 마시고 다니는 놈팡이인 줄 알았더니.

"그냥요. 그만 좀 징징대자 싶어서요."

코치님이 콧방귀 비슷한 걸 뀌더니 저 멀리 훈련 중인 새별 선배를 바라보았다.

"니 체육관 커피를 누가 제일 많이 먹는 줄 아나."

코치님 말에 나도 모르게 정수기 옆에 언제나 가득 채워져 있는 믹스커피를 바라봤다.

"새별이. 저놈이 제일 많이 묵는다."

"코치님이 아니고요?"

"니 새벽에 체육관에 와 본 적 없제? 새별이는 해도 안 뜬 시간에 나와서 혼자 훈련하거든. 누가 시켜서 하는 것도 아이고, 혼자 그래 하는 기다. 지독한 놈이제? 저 자식 저거, 하루에 다섯 시간도 안 자는 거 아나? 원래 잠이 없는 놈인 줄 알았는데 그것도 아이드라. 잠이 와서 믹스커피를 막 때려 넣는 거지. 잠 이기고 훈련해야 하니까. 그래서 내가 그랬지. 니 학생이 잠도 안 자고 운동만 하면 큰일 난다. 누굴 욕받이로 쓰려고 그라노. 니가 과로로 쓰러지기라도 해 봐라, 남들이 보면 내가 시켜서 그런 줄 알 거아이가. 빨리 집에 가라! 그랬더니 저놈이 뭐라 카는 줄 아나?"

코치님 시선이 새별 선배에게 향해 있다. 입가에 옅은 미소를 띠고서. 그 웃음이 따스해서, 선배가 너무 좋은 사람이라서 괴로웠다. 드라마나 영화에서 나쁜 놈은 끝까지 나쁜 놈이기만 하던데. 선배도 그냥 나쁜 놈이면 좋았을 텐데. 그러면 실컷 욕하고 죽어라 저주를 퍼부으며 속 시원하게 복수하고 사이다로 끝낼 텐데.

"잠이 안 온댄다. 자는 동안 다른 아들이 더 잘하게 될까 봐. 그래서 내가 그랬지. 그라모 어디 공원이라도 뛰든가, 와 온종일 학교에서 훈련하느냐고. 그랬더니 점마가 웃더라고. 학교는 믹스커피가 무한 리필이라나 어쨌다나."

지난번 국밥을 사 줄 때도 그렇고, 코치님이 새별 선배를 많이 아낀다는 생각이 들었다. 선생님이 제자를 저런 눈으로 보는 건 처음 봤다. 제자를 바라보는 눈빛이라기보다, 자식을 바라보는 부모의 눈빛과 닮아 있었으니까.

나도 새별 선배처럼 열심히 하면 엄마에게 힘이 되어 줄 수 있을까. 그리고 유찬…… 모르겠다. 그냥 그 애 생각이 났다. 그 애도 나를 반짝이는 눈으로 바라봐 줄까.

"내는 살면서 응원하고 싶은 놈이 전혀 없었거든. 근데 새별이만큼은, 그런 생각이 들더라. 저놈은 진짜 잘됐으면 좋겠다 응원하고 싶더라고. 동생들 학교 졸업시키고 밥 안 굶기는 거, 그 소박한 소원이 을매나 간절한지 새벽에 잠을 못 들게 하는 기다. 그래서 새벽같이 학교 와서 운동하는 기라. 믹스커피로 잠 쫓아가면서."

마르지 않는 샘물처럼 매일같이 채워져 있던 믹스커피는 누군가의 마음이었나 보다. 마르지 않고 새어 나오고 또 새어 나오는 마음.

눈빛으로 머리를 쓰다듬고 어깨를 다독일 수도 있다는 걸 처음 알았다. 코치님은 새별 선배에게서 눈길을 거두지 않고 계속해서 선배를 쓰다듬었다. 기운 내라고 힘내라고, 이 자식아, 넌 할수 있다고 그렇게 감독님은 눈빛으로 말하고 또 말하고 있었다.

"난 안다. 점마는 될 놈이다. 국가대표에 선발될 끼고 올림픽 출전할 끼다. 거서 전 국민의 응원을 받을 끼고 금메달도 딸 끼다. 저놈한테는 그런 힘이 있거든. 잘되길 바라는 마음을 들게 하는 힘. 두고 봐라, 저놈이 얼마나 대단한 걸 해낼지. 그니까 내는 말이다. 새별이를 방해하는 게 있으면, 그게 무엇이든 막아 줄 끼다. 설사 새별이가 해서는 안 될 큰 실수를 했어도."

코치님이 말을 끝냈을 때 머리를 세게 얻어맞은 기분이었다.

"무슨 뜻이에요?"

"어제 느그 아부지 왔다 갔다."

깜짝 놀랐다. 코치님 입에서 '아부지'란 말이 나올 줄은 상상도 못 했으니까.

"놀랄 거 읎다. 느그 아부지랑 내랑 동창이다. 들어 봤나. 죽마고우라꼬. 금마 눈빛만 봐도 다 안다 카이. 니 어제 파출소 가가 깽판 쳤다매."

'내 이름도 못 부르면서.'

원망하고 부르짖던 내 모습이 떠올라 얼굴이 화끈거렸다.

"변명처럼 들리겠지만서도, 살다 보믄 어쩔 수 없는 일도 있드라."

코치님도 화재 사건을 알고 있었다. 새별 선배를 지키겠다는 코치님의 마음은 선한 마음일까, 아니면 다른 이의 고통엔 눈감기로 한 악한 마음일까.

코치님도 경찰도 마을 사람들도 다 새별 선배를 지켜 주겠다고 하는데, 정작 엄마 아빠를 잃은 유찬은 누가 지켜 줄까? 침묵이 흐르고, 멀리서 훈련 중인 선배들의 기합 소리만 울려 퍼졌다.

맞다. 선배는 응원하고 싶은 사람이다. 짜증 나는 건 이런 거다. 끔찍한 일이 벌어졌는데 나쁜 사람이 없다는 거. 하늘을 올려다보고 욕을 내뱉고 싶어졌다.

양심이 있으면 이러면 안 되죠. 왜 이렇게 좋은 사람이에요? 하필이면 왜, 왜 좋은 사람이냐고요.

코치님이 나를 빤히 내려다보았다.

"니 아부지 많이 밉제? 말해가 뭐 하노. 열일곱 살짜리 덜컥 임신시켜 놓고. 개새끼가 따로 없지."

"……."

"근데 느그 아부지도 그때 열여덟 살이었다."

지긋지긋했다. 어렸었겠지. 그래서 뭐 어쩌라는 건지 모르겠다. 어렸으니까 용서하라고? 사람들은 너무 쉽게 말을 해 댔다. 엄마아빠가 사고를 친 거라고. 나를 '사고'로 생겨난 존재로 만들었다.

"저는 더 어렸는데요."

"알지. 봐주라는 말이 아이다. 어렸으니까 무서웠을 거 아이가. 나이가 암만 많아도 언제나 옳은 선택만 할 수는 없는 긴데, 어린놈이 무서워가 벌벌 떨면서 한 선택이 어땠겠노. 안 봐도 뻔하지."

"……."

"느그 아부지도 유도 한 거, 니 모르제?"

"유도를 했다고요?"

기분이 이상했다. 초등학교 때, 처음으로 유도를 배우던 날 엄마가 '그럴 줄 알았다'고 했던 말이 생각나서.

"옥수로 잘했다. 유도 포기만 안 했어도 올림픽 메달리스트는 내가 아이고 느그 아부지가 했을 끼다. 올림픽 나가서 동메달을 딱 목에 거는데 웃기제, 느그 아부지가 제일 먼저 생각나드라."

그렇게 나는 내가 알지 못했던 이야기를 알게 됐다. 촉망받던 유도 선수가 인생에서 가장 소중했던 유도를 포기하기까지의 이야기를. 알려고 하지도 않았고 알고 싶지도 않았던, 아빠의 이야기를.

유 찬

툭, 툭.

구름 한 점 없이 맑던 하늘에 어느새 먹구름이 끼고 빗방울이 몇 방울 떨어지는가 싶더니 금세 후드득하고 쏟아져 내린다. 그 빗방울에 아침부터 마당까지 뛰어나와 우산을 챙겨 주던 할머니가 떠오른다.

이렇게 맑은데 무슨 비가 온다고, 싶었지만 두말없이 우산을 받아 들길 잘했다는 생각이 든다. 그렇지 않았다면 할머니가 쏴아아 내리는 빗소리에 마음을 졸였을 테니까.

우산은 챙겨 왔을까.

운동장 너머 체육관을 바라보며 나도 모르게 속으로 중얼거리고는 깜짝 놀란다. 분명 할머니 생각을 하고 있었는데 어느새 하지오를 떠올리고 있다. 내가 누군가의 안부를 걱정하는 날이 올 줄이야.

비 맞으면 감기 들 텐데.

당장 체육관으로 달려가 우산을 씌워 주고 싶지만, 어쩐지 주저하게 된다. 우산이 있으면 어쩌지? 훈련이 더 남았다고 그러면? 거절을 마주하게 될까 머릿속으로 수십 개의 핑계를 만들고 또 만든다. 그렇게 내 마음은 빙빙 돌고 돌아 결국 하지오에게 향한다.

"어, 유찬!"

체육관으로 향하다 우연인 척 지오를 마주한다. 이미 비를 맞을 대로 맞아서 쫄딱 젖은 채다. 얼굴 위로 뚝뚝 떨어지는 빗물 때문에 눈을 찡그린 지오가 나를 향해 손을 흔든다.

"어디 가는 길이야?"

"집에."

우산을 씌워 줘야 할까, 이미 다 젖었는데 필요 없다고 하면 어쩌지, 또 망설이게 된다.

"그럼 너 가는 길까지 나 우산 좀 씌워 주라."

지오의 말에 누군가 옆구리라도 쿡 찌른 것처럼 깜짝 놀라 얼른 우산을 내민다.

"고마워. 아우, 나 비 맞다가 아사할 뻔."

"아사는 굶어 죽는 건데."

"흐음, 그럼 동사인가."

"동사는 얼어 죽는 거."

당황한 듯 나를 올려다보는 지오의 이마에서 빗물이 주르륵 흘러내린다. 물기를 닦아 주려고 손을 내밀다가 지오가 움찔, 어깨를 움츠리는 바람에 아무것도 하지 못한다.

"뭐, 나 무식하다고 머리 때리려고?"

"아니."

"그럼 뭔데, 방금 그 손은. 누가 봐도 한 대 쥐어박을 것 같은 손이었는데."

"아닌데."

"아니긴. 그래, 너 잘났다. 똑똑해서 좋-겠다. 나는 운동만 하느라 무식……."

"빗물 닦아 주려는 거였어."

지오가 눈을 동그랗게 뜨고 나를 바라보다 눈이 마주치자 얼른 고개를 숙여 버린다.

"흐음, 흠."

헛기침을 뱉던 지오가 두 손으로 얼굴을 빠르게 닦아 낸다. 빨개진 귀로 허둥대는 지오를 보는데 기분이 묘해진다.

"비 많이 맞아서 추웠거든. 뭐, 죽을 정도는 아니지만 어쨌든 추웠다는 말이었어."

지오가 입술을 삐죽이는 모습을 보자 나도 모르게 웃음이 터진다.

"그럼 동사 맞네. 그렇게 비가 이렇게 쏟아지는데 왜 맞고 있어. 좀 기다리지."

"누굴 기다려? 누가 우산 씌워 준다고."

내가…….

머릿속에 든 생각을 차마 입 밖으로 뱉지 못한다. 지오가 오해를 할까 봐서가 아니다. 이 마음이 더 이상 오해가 아니라는 걸, 내 마음이 이미 그 애 곁에 머무르고 있다는 걸 나 역시 알고 있어서다.

"하필 오늘 폰도 두고 와서……. 근데 뭐 해?"

"어?"

"안 가?"

우산 아래 지오가 나를 톡톡 친다. 그 손길에 가슴이 쿵쿵, 뛰고 만다. 그리고 이상한 일이 벌어진다. 지오와 발을 맞추어 나란히 걸을 때, 무채색이던 주변의 풍경이 새롭게 그려진다.

톡톡, 바닥으로 떨어져 튕기는 빗방울과 물기를 머금고 푸르게 흔들리는 나뭇잎이, 이 아이를 향해 기울어진 우산이, 쏴아아 요란하게 내리는 빗소리가 마치 사진 속 한 장면처럼 하나하나 새겨지더니 비를 몰고 온 먹구름마저 환해진다. 그렇게 하지오, 이 아이는 비 오는 궂은 날마저 나에게 평안이 된다.

"적을 알고 나를 알면 백전백승이라는 말 들어 봤어? 전에 다니던 학교 코치님이 맨날 그랬거든. 상대방에 대해 많은 정보를 가지는 사람이 이기는 거라면서. 근데 너무 많은 걸 알면 오히려

역효과일 것 같아, 나는."

무슨 말인지 알 수 없어 나는 그저 듣기만 한다.

"그런 거 있잖아. 적이라고 생각한 사람이 나보다 훨씬 괜찮은 사람인 데다 훨씬 간절하기까지 한 거야. 그럼 이기기가 영 찝찝할 것 같아서. 적은 그냥 드라마나 영화에서처럼 아주 못되고 나쁜 사람이면 쉬워. 아, 내가 저 새끼는 이긴다, 저 나쁜 새끼만큼은 꼭 이기고 만다, 그런 생각이 들면 단순하거든. 나는 너무 쉽게 아빠를 나쁜 사람이라고만 판단했나 봐. 지금도 뭐, 그렇게 좋은 사람이라는 생각은 안 들지만."

지오가 코치님이 아저씨의 동창이었다는 이야기를 꺼낸다. 새로 알게 된 사실에 대해서도.

"열여덟 살 아빠의 인생에서 제일 소중한 건 엄마였을 거래. 유도를 포기했을 정도니까. 그게 뭐 그리 대단한 일이냐고 물었더니, 코치님이 그러는 거야. 유도는 아빠 인생의 전부였다면서. 엄마 배 속에 내가 있다는 걸 알고 벌벌 떨던 게, 나라는 존재가 무서워서가 아니라 유도를 포기해야 할지도 모른다는 사실에 겁먹은 거였대. 근데 어느 날 엄마가 사라져 버린 거야. 엄마가 사라졌으니까 다시 아빠의 삶을 살 수도 있었는데 죄책감 때문에 유도를 포기했다나 봐. 유도 특기생으로 경찰이 된 것도 한참 뒤의 일이었대. 엄마는 나한테 이런 얘기 안 해 줬거든. 그럴 만도 했을 거야. 엄마도 그 이후의 아빠의 삶을 몰랐을 테니까."

지오가 알지 못했던 먼 시간의 이야기들이 빗물처럼 쏟아져 내려 바닥에 고인다.

"하나를 지키려면 하나를 잃기도 한대. 엄마가 나를 지키려고 아빠를 잃었던 것처럼. 근데 아빠는 엄마를 잃었는데 유도를 지키지 못했대. 지킨 것은 아무것도 없는데 두 개나 잃은 거지. 억울했을 것 같은데 코치님이 그러는 거야. 선택이라는 게 그런 거라고. 언제나 옳은 선택만 할 수는 없는 거라고. 그래도 선택을 해야만 하는 순간이 있다고."

빗물이 튀어 지오의 젖은 어깨를 다시 적신다. 나는 더 이상 지오가 젖지 않기를 바라며 우산을 기울인다.

"근데 있잖아, 유찬. 만약에, 정말로 만약에 너한테도 그런 선택을 해야만 하는 순간이 오면 어떨 것 같아?"

지오가 나를 본다. 세차게 부는 바람에 나뭇잎이 흔들리듯, 그토록 흔들리는 눈빛으로. 나 역시 지오의 눈을 마주 본다. 그 눈동자처럼 나의 평안이 서서히 흔들리고 부서지기 시작한다.

"무슨 말이야?"

"네 선택이 옳지 않을지도 모른다는 걸 알면서도 선택을 해야만 하면? 널 고통스럽게 만든 사람이 좋은 사람이면? 그 사람한테 어쩔 수 없는 사정이 있는데 그 사정을 네가 모두 알게 된다면, 그러면 어떨 것 같아?"

한 번도 그런 생각을 해 본 적이 없었다. 좋은 사람이 우리 가족을 한순간에 죽음으로 몰아가고 내 삶을 지옥 구덩이에 밀어 넣을 수가 있나? 그런 사람이 좋은 사람일 수가 있는 건가.

서늘한 바람이 우산을 뒤흔든다. 빗물은 바닥에서 흙탕물이 되고 회색 먹구름은 세상을 잿빛으로 만든다. 당장이라도 세상이 무너져 내릴 것만 같다.

지오를 향해 부풀었던 마음에 구멍이 생긴 듯 쪼그라든다. 다른 사람들이 모두 다 용서해 주자고 해도 너만은 아니길 바랐는지도 모른다. 이제 그만하라고, 더는 지오가 아무 말도 하지 않게 해 달라고, 오 년 전 그날처럼 나는 다시 신을 찾는다.

"있잖아, 유찬⋯⋯."

하지만 신은 이번에도 내 기도 따위 들어주지 않는다. 늘 그랬듯 무참히 나를 짓밟고야 만다. 언제나 내게서 소중한 것들을 빼앗고야 말았던 그 고약하고 역겨운 성미대로, 이번에도 역시나.

"알고 있어. 전부 다 알면서 한 선택이었다고."

내 말을 마지막으로 지오는 아무 말도 하지 않는다. 놀란 것 같기도 화가 난 것 같기도 한 표정으로 나를 가만히 볼 뿐이다. 나는 그저 발끝 어딘가를 바라본다. 새별 형이 죽도록 미웠다가, 용서해 주고 싶어지는 내가 싫어서.

죽이고 싶었던 적도 있었다. 우리 가족을 그렇게 만든 대가를 치르도록 끔찍한 고통을 안겨 주고 싶었던 적도 있었다. 복수를 하겠다고 입술을 깨물고 주먹을 쥐면 어김없이 새별이 형은 작은 불씨를 껴안고 한 걸음 한 걸음 애처롭게 걷고 있었다.

"왜 다들 새별이 형 편인지 모르겠네."

그들이 무엇 때문에 그런 선택을 했는지 안다. 하지만 그 어떤 이유에서건 나에게 용서할 기회마저 빼앗지는 말았어야 했다.

"그게 아니라……."

"그날, 우리 가족이 죽어 갈 때 다른 사람들은 뭘 했는데? 날 껴안고 있느라 엄마 아빠 등이 불에 그을렸더라는 말을 들은 난 어땠을 것 같아?"

"……."

"너는 살아야 해, 살아야 해. 그 소리가 아직도 잊히지 않는데, 왜 다들 나더러 잊으라고 그러는데? 난 아직도 아파 죽겠는데, 왜 자기들 멋대로 용서해 버리는 건데. 그날 이후로 한 번도 푹 자 본 적이 없어. 밤만 되면 또 불이 나지는 않을까, 또 모든 게 사라지는 건 아닐까 무서워서."

지오의 얼굴이 울상으로 변한다. 당장이라도 눈물을 떨굴 듯 구겨진 얼굴에서 나는 끔찍한 나 자신을 마주한다.

"새별이 형이 밤마다 집 앞을 찾아와. 무슨 일이 있어도 잊지 않겠다고, 행복해지지도 않겠다고 다짐을 해. 동생들이 클 때까지만 기다려 달라고, 그러고 나면 스스로 벌을 받겠다고 몇 번이나 약속을 하고 가. 아무도 모르는 약속을 혼자 그렇게 하고 간다고. 나도 알아. 형이 지옥 속에서 살아왔다는 거. 형이 살던 세상은 늘 지옥이었는데, 이제는 지옥에서 악마까지 어깨에 짊어지고 하루하루 간신히 살아간다는 거, 안다고. 내가 주는 벌보다 형이 자신에게 주는 벌이 더 큰데 내가 뭘 더 하겠어? 그래서 매일 형을 지켜봐. 형이 혹시라도 행복하지는 않은지, 여전히 형의 삶이 지옥 같은지 확인한다고. 이렇게 괴물 같은 게 바로 나야."

결국 지오의 두 눈에 고였던 눈물이 넘치고 만다.

"그러니까 이제 더 가까워지지 마. 나도 내가 얼마나 더 잔인해질지 모르니까."

두렵다. 이 아이를 내가 더 많이 원하게 될까 봐. 그래서 전부 용서하게 될까 봐. 내게서 가장 소중했던 모든 걸 앗아 간 그날의 화재마저 결국 잊게 될까 봐.

하 지 오

뜨거운 바람이 훅 스칠 때 유찬이 지나갔다. 분명 나를 봤는데 본 척도 않고, 내 존재를 무시하면서.

하, 그래. 언제까지 모른 척하나 보자. 이마의 땀을 쓱 닦아 내며 부러 유찬 앞으로 성큼 다가가 녀석의 다리 앞으로 발을 내밀었다. 하지만 유찬은 표정 하나 숨소리 하나 변하지 않고 내 발을 피했다. 처음부터 내 발 같은 건 있지도 않았다는 것처럼.

"야, 유찬!"

유찬은 아무것도 들리지 않는다는 듯 제 갈 길을 갈 뿐이었다. 이렇게 소리치는데 귀에 이어폰 좀 꼈다고 못 들었을 리 없다. 계속 모른 체한다 이거지?

벌써 사흘째, 유찬은 나와 거리를 두고 있다.

유찬이 날 모른 척하던 첫날에는, 내가 한 말이 유찬에게 상처가 됐을지도 모르겠다는 생각이 들었다. 이튿째에는 내가 감히 그 아이의 아픔을 이해하는 척, 넘겨짚었다는 사실에 나 자신을 용서할 수 없었다.

그날, 무너져 내리던 유찬을 봤으니까. 나보다 머리 하나는 더 큰 유찬이, 나보다 훨씬 단단해 보이던 유찬의 어깨가 그날 그 순간만큼은 열두 살짜리로 보였다. 거기서 조금도 자라지 못한 가엽고 안쓰러운 유찬을 꼭 안아 주고 싶었다.

위로해 줬어야 하는 건데 내가 뭐라고 그런 말을 했을까. 밤새 생각했다. 내가 왜 그랬을까, 미안하다고 하면 받아 줄까. 고민하고 또 고민했다.

하지만 오늘까지 모른 척하는 건 정말 아니잖아. 사과할 기회라도 줘야지. 미안하다고, 생각이 짧았다고 이야기할 기회는 줘야지. 계속 모른 척만 하면 도대체 나더러 어쩌라는 거야.

나는 쿵쿵 소리를 내며 녀석의 뒤를 따라가 뒷덜미를 잡아끌고 오른쪽 에어팟을 빼 버렸다.

"뭐야?"

그제야 녀석이 나를 바라보았다.

"너 왜 그래?"

"뭘."

"나 죽었냐? 지금 나 영혼이야? 왜 사람을 앞에 두고 모른 척하냐고."

유찬의 얼굴에는 귀찮음과 불편함이 잔뜩 새겨져 있었다.

"너 일부러 나한테 못되게 구는 거지?"

내 손에 있는 에어팟을 채 가며 유찬이 나를 삐딱하게 바라보았다.

"나 원래 이래."

"네가 원래 그런 애든 말든 나한테는 이러면 안 되지."

"네가 뭐라고 너한테는 이러면 안 되는데."

말문이 막혔다. 나랑 있으면 편안하다느니 멀어지지 말라느니, 그런 말로 사람 흔들 때는 언제고. 뭐?

"야, 유찬!"

"비켜. 선 넘지 말고."

유찬의 입에서 '선'이라는 말이 나오자 녀석과 나 사이에 보이지 않는 선이, 굵고 선명한 선이 생겨 버렸다. 다시는 지울 수도 넘을 수도 없을 것처럼.

*

"와씨, 졸라 덥다. 아예 쪄 죽이라."

주유가 유도복을 돌돌 말아 어깨에 척 걸치고 다가왔다. 나는 숨을 몰아쉬며 주유를 보기만 했다. 오후 훈련 내내 운동장을 한 서른 바퀴는 돌다 보니 대답할 힘도 없었다.

"아이스크림 묵으러 가자."

"가방 교실에 있어."

"가방이 와 필요한데?"

아이스크림 먹는데 먹고 싶은 마음 말고 뭐가 더 필요하냐는 표정이었다. 그러곤 잘 보라는 듯, 학교 담벼락을 밟고 올라서서 세로 창살에 매달리고는 학교마트를 향해 소리쳤다.

"이모, 쭈쭈바!"

대체 뭘 하는 거야. 그렇게 외치면 마트 아줌마가 뭐, 아이스크림 배달이라도 해 주나? 그 무서운 아줌마가? 욕이나 안 먹으면 다행이지. 안 그래도 더운데 힘 빼지 말자 싶어 주유를 말리려는데, 마트에서 대답이 돌아왔다.

"무슨 맛!"

"초코 두 개!"

일차선 도로 하나를 사이에 두고 마트 아줌마와 주유의 외침이 메아리처럼 오갔다. 정말로 아줌마가 학교 담벼락으로 쭈쭈바를 가져다주자 입에서 '헐'이 절로 튀어나왔다.

"이모, 외상이요. 이따가 훈련 끝나고 줄게요."

"치아라, 외상은 무슨. 이 날씨에 운동할라믄 마, 유도 선수가 아니라 황소여도 쓰러지 뿌겠다. 몸 단디 챙기라이."

날 무슨 귀신이라도 보듯 노려보던 아줌마는 온데간데없었다. 어딘지 의기양양해진 주유가 내게 쭈쭈바를 건넸다.

"내가 그랬제? 유도부는 하이패스라고."

"도대체 어디까지 먹히는 거야?"

"음, 거의 이장님까지?"

이장님이라는 대답에 김이 팍 샜다. 여기저기 다 먹히는 줄 알았더니 고작 이장님이 뭐야, 이장님이.

"어어? 야, 니 모르나? 이런 데는 이장님 권력이 최고다."

"으응."

내 반응이 미적지근했는지 주유가 입에 문 쭈쭈바까지 내려 놓으며 말했다.

"이장님 말 한마디면 우리 학교 교장 샘도 깨갱이다. 이장님 왔다 카믄 면사무소 소장님도 뛰어나온다. 여기서는 농협 조합장이랑 군의원이랑 마을 이장님이랑 삐까삐까하다니까. 권력 탑 쓰리. 마을 이장님들 민심을 못 얻으면 군의원도 농협 조합장도 몬 하거든."

이장님은 대단하시구나. 근데 이장님이건 조합장이건 의원이건 나랑 뭔 상관이냐.

"니 찬이랑 싸웠나?"

주유 입에서 유찬 이름이 나오자 나도 모르게 멈칫했다.

"찬이 좀 못됐제? 원래 안 그런데 옛날에 사고가 좀 있었거든. 그라고 나서부터 말문을 딱 닫아 뿟다. 어른들도 찬이는 어려워 한다. 니도 알제? 찬이 공부 억수로 잘하는 거. 찬이 공부에 방해된다 카믄 마을 공사도 올 스톱이라니까. 사실 우리 마을에 권력 일인자는 이장님이 아이고 찬이다. 쪼매난 동네서 판검사니 박사니, 하여간 뭘 해도 대단한 인물 날 끼라고 동네 어른들이 다 떠받든가 아이가. 어른들까지 그라니까 더 못됐다. 완전 지 마음대로 한다. 그래도 니 전학 오고 나서부터 예전으로 돌아온 것 같아서 좀 좋았는데.”

주유가 쭈쭈바를 한입 크게 베어 물고는 쪽쪽 빨았다.

“그냥 화해하면 안 되나?”

“나도 그러고 싶지. 근데 밀어내기만 하니까 사과도 못 해.”

“안다. 찬이는 계속 밀어내려고만 하니까. 그거 아나? 찬이 그거 무서워서 그러는 기다.”

“무섭다니?”

“찬이는 지한테 소중한 뭔가가 생기면 또 잃어버릴까 봐 무서운 기다. 근데 나는, 잃어버리든 빼앗기든 소중한 게 하나 정도는 있는 게 좋다고 생각하거든. 잃어버리면 슬프겠지만 소중한 건 또 생기기 마련이다이가. 소중한 게 평생 딱 하나뿐이겠나.”

주유의 손에 들려 있던 쭈쭈바에서 초코가 뚝뚝 흘러내렸다. 날이 더워서였겠지. 하지만 어쩐지 나는 그게 날씨 때문이 아닌 것 같았다. 아이스크림이 녹아 흘러내릴 만큼 주유의 마음이 따뜻하기 때문일 거다.

“소중한 게 생겨도 아무도 안 빼앗는다고 니가 말해 주면 안 되나?”

"내가? 씨알도 안 먹힐걸. 요즘 나한테 아는 척도 안 해. 그냥 네가 말해 주는 게 빠를 거야."

"아이다. 네가 해야 된다."

"왜?"

"찬이한테 소중한 게 니거든."

주유는 다 녹아서 물이 되어 버린 아이스크림을 입에 대고 쭉 빨아 마셨다.

"무, 무슨……."

"맞다, 니. 찬이 그때 같이 떡볶이 먹은 거, 사고 나고 처음이다."

"그게 뭐."

"니랑 먹는다고 해서 나온 거다. 니라서."

구름이 자리를 옮기자 뜨거운 햇빛이 머리 위로 쏟아져 내렸다. 그 뜨거움에 햇빛을 피해 숨던 유찬이 떠올랐다.

"하이고, 우짤라고 이래 덥노. 더운 게 아이고 아주 뜨거워가 녹겠네."

'엄마 아빠 등이 불에 그을렸더라는 말을 들은 난 어땠을 것 같아?'

'매일 밤만 되면 또 불이 나지는 않을까, 또 모든 게 사라지는 건 아닐까 무서워서.'

유찬이 나를 밀어내는 이유를 알 것 같았다. 유찬, 그 애는 아직도 뜨거운 거다. 아직도 그날 그 불길 속에서 나오지 못했으니까.

그때서야 알 것 같았다.

용서를 할 기회도 주지 않고 그저 존재하지 않았던 것처럼 무시해 버리는 일이 얼마나 절망스러운 일인지. 유찬한테 용서할 기회를 빼앗은 어른들처럼, 내가 그 애에게 똑같은 짓을 저질렀다는 걸.

어릴 때 나는 블록 놀이를 할 때마다 높이 쌓인 블록이 무너질까 봐 더 쌓지도 못하고 언제 무너질까 걱정만 하면서 불안해했다. 하루는 엄마가 그랬다. 무너질 걸 두려워하면 어떻게 블록을 쌓을 수 있냐고. 무너지면 다시 튼튼하게 쌓으면 되지 않느냐고.

엄마 말이 맞다. 다시 쌓으면 된다. 처음부터 튼튼히, 그리고 천천히. 지켜만 보면서 언제 무너질까 걱정하는 건 바보 같은 짓이니까.

"이장님은 어디 가면 만날 수 있어?"

유 찬

"요새 뭔 일 있나?"

오래된 에어컨에서 웅웅 울리는 소리가 교무실에 울려 퍼진다. 담임이 종이 파일을 쓰윽 넘기며 말한다. 담임이 궁금한 건 내게 무슨 일이 있는지가 아니라 어째서 기말 성적이 떨어진 것인지이다.

아니, 전국 삼 등 하던 놈이 기말고사 성적이 이기 뭐꼬. 이라다가 전교 일 등도 아슬아슬하다. 공부 잘한다고 오냐오냐해 줬드만 이거는 미끄러져도 너무 미끄러진 거지. 다음 모의고사 때도 죽 쑤믄 클나는데.

"아니요. 없는데요."

"다른 기 아이고. 이번 기말고사 말이다. 그기 좀 어려웠제? 하기사 도시 아들은 학원이며 과외며 다 다니는데 니는 혼자 공부하니까 쉽지 않을 끼라. 잘 안 풀리는 거 있으모 쌤들한테 물어보고, 응? 교장쌤부터 시작해가 온 동네 사람들까지 니한테 기대가 크다."

나는 아무 대답도 하지 않는다. 다음 모의고사에서는 성적을 다시 올리라는 말을 뭘 그렇게 빙빙 둘러서 하는지. 그때 운동장에서 호령 소리가 난다. 유도부다. 내 눈길은 그 애를 찾기 위해 창밖으로 바삐 움직인다.

"말씀 다 하셨으면 가 봐도 될까요? 공부할 게 좀 있어서요."

"그래그래, 얼른 드가 봐라."

복도로 나오자 온갖 소리들이 귀청 찢어지게 들려오고, 그것들이 오늘따라 더 버겁게 느껴진다.

"하나, 둘, 하나, 둘."

없다. 아무리 찾아도 운동장에서 뛰는 사람 중에 지오는 보이지 않는다. 갑자기 마음이 초조해지고 다급해진다. 무슨 일 있는 걸까. 동시에 후회들이 몰려온다. 아무리 화가 났어도 그렇게까지 말하는 건 아니었는데.

'비켜. 선 넘지 말고.'

그때 실망으로 가득 찼던 지오의 모습이 잊히지 않는다. 괜찮을까. 아파하진 않을까. 그 아이에 대한 염려가 내 마음을 분주하게 만든다. 그 아이를 찾아 운동장으로 향하는 발걸음이 빨라진다.

운동장 한 바퀴를 거의 다 돌아보고 나서야 학교 담벼락에 주저앉아 주유와 함께 아이스크림을 먹고 있는 지오를 발견한다. 안도감이 온몸을 휘감고, 그제야 달려오느라 숨이 찬 나를 발견한다.

도대체 왜 이렇게까지 지오를 찾은 걸까. 그 애가 보이지 않으면 불안해진다. 영영 사라져 버릴까 봐, 나 때문에 아팠을까 봐 염려된다.

하지오, 네가 괜찮은지 자꾸만 궁금해진다.

그렇게 새별이 형의 불행을 확인하던 나는, 남 경사 아저씨의 천벌을 확인하던 나는 이제 하지오 그 애의 평안을 확인해야 했다.

공부가 도통 되지 않던 어느 밤에도, 잠이 오지 않던 어느 새벽에도 그 애가 있는 곳을 찾아 헤매었다. 이제야 알 것 같다.

내가 그 애를 밀어냈던 건, 실망해서가 아니라 소중한 마음을 만들지 않기 위해 안간힘을 다하고 있었던 거라는 걸. 내가 마음을 주는 순간, 하지오 그 아이도 잃게 될까 봐 두려워하고 있었다는 걸.

*

꿈을 꾸고 있다. 불이 났던 그날이다. 나는 방에서 공포에 질린 채 벌벌 떨고 있다. 꿈인 걸 알면서도 매번 똑같이 두려워한다. 불길 속에서 엄마 아빠를 부를까 봐 무섭다. 그때의 나처럼.

안 돼. 부르지 마. 엄마 아빠가 오면 안 돼. 부르지 마, 절대로.

꿈속의 나는 엄마 아빠를 부르지 않기 위해 입을 틀어막고 애를 쓴다. 하지만 엄마 아빠는 틀어막은 입 사이로 새어 나오는 소리마저 듣고 만다. 결국 엄마 아빠는 이번에도 불길 속으로 뛰어들어와 나를 끌어안는다.

"가! 가라고! 여기 오지 말고 밖으로 나가, 제발."

날 살리지 말아 달라고 사정을 하고, 제발 엄마 아빠가 뜨겁지 않기를 수천 번도 더 빌고 또 빈다.

이상하다. 뜨거워야 하는데 뜨겁지가 않다. 눈을 떠 보니, 흔들리는 나뭇잎 사이로 비치는 햇살을 손 하나가 가려 주고 있다.

"깼어?"

"뭐 하는 거야?"

지오가 내 옆에 앉는다.

"햇빛 가려 줬지. 푹 자라고. 덥잖아."

"……말했잖아. 가까워지지 말라고."

할 수 있는 최대한 차갑게 말한다. 내 고통이 지오에게도 번질까 봐, 내 악한 마음이 지오를 해칠까 봐.

"전에는 멀어지지 말라고 하더니 이제는 가까이 오지 말라고 지랄."

"뭐, 지랄?"

"그럼 지랄이지. 이래라저래라 네 마음대로 하잖아. 가까워지든 멀어지든 내 마음대로 할 거거든? 지금은 가까워질 거고."

이상하다. 가까워지겠다는 말이 위안이 된다. 멀어지지 않겠다는 그 말이 나를 안심하게 만든다.

"나 이장님 만나고 왔어. 주유가 그러던데 이장님이 여기 일인자라며?"

"하고 싶은 말이 뭔데."

"생각을 해 봤거든. 너한테 일어난 그 일, 이장님이 모를 수가 없겠다 싶어서 따지러 갔어, 내가."

한숨이 새어 나온다. 막무가내로 뭘 했다는 건지. 굳은 얼굴로 지오의 얼굴을 바라보지만 지오는 내 표정 따위 신경 쓰지 않는 눈치다.

"너도 알지? 내가 유도를 썩 잘하는 편은 아니지만 그래도 남자 한 명 정도는 업어칠 수 있는 거."

"그래서 이장님한테 업어치기라도 했어?"

"수틀리면 그럴 생각이었는데, 못 했어. 이장님도 유도부 출신이더라고. 우리 학교 유도부가 전통이 깊더라."

피식. 지오의 대답에 어쩐지 허탈해지면서 긴장이 풀린다. 내 웃음에 지오의 얼굴에도 미소가 돈다. 순간 바람이 훅, 불어와 나뭇잎을 한참 동안 뒤흔든다.

"너 이장님 팔에 흉터 있는 거 알아? 쭈글쭈글한 흉터가 엄청 크게 있어. 근데 그 흉터 새별 선배한테도 있고 집에 있는 그 아저씨한테도 있다?"

"무슨 말이야?"

"이장님이 그러더라. 그런 흉터를 가진 사람이 이 마을에 많다고."

더는 내 얼굴에 표정이 남아 있지 않고, 그 애가 무슨 말을 하는지 하나도 놓치지 않기 위해 애를 쓴다. 주름 하나, 눈 깜빡임 하나, 목소리에서 들려오던 떨림까지도.

"네가 그랬잖아. 너희 집이 다 타 버릴 동안, 부모님이 그렇게 죽어 가는 동안 다들 뭘 했느냐고."

숨소리가 거칠어진다. 내가 알지 못했던 이야기를 지오의 입으로 듣는 내내, 마치 이장님과 지오가 이야기를 나누던 그곳에 내가 있기라도 한 것처럼 그 장면이 눈앞에 생생하게 그려진다.

"하모. 이 동네 사람들 다 쫓아갔지. 집에 있는 바가지란 바가지는 모조리 다 들고 뛰었다 아이가. 큰났다고, 여 사람 다 죽게 생겼다고. 소방서에 전화는 해 놨는데 우째 그래 늦게 오는지. 가만 앉아서 기다리믄 사달이 나겠다 싶드라. 그래가 우야노. 안에 사람은 있다 카제. 무작정 물만 끼얹었지. 그래도 내는 벨로 다치지도 안 했다. 남 경사가 고생했지. 남 경사가 옷에 물 뿌리고 뛰어 들어갈라 카다가 입구에서 기둥 하나가 뚝 떨어져가 죽을 뻔했다 아이가."

"유찬은 알고 있어요?"

"뭐를?"

"불났을 때 동네 사람들이 구경만 한 게 아니라 몸을 다치면서까지 불을 끄려고 했다는 거요."

"아이고야. 말라꼬 그런 말을 하노? 한날한시에 부모 잃은 아한테 뭐 좋은 소리라고. 그라믄 불이 났는데 뻔히 보고 앉아 있을 사람이 어데 있노. 당연히 불부터 꺼야지. 이 동네에 화상 하나 없는 사람 읎다. 다들 지 몸 다치는 줄도 모르고 불 끈다고 그것만 생각했으니까네. 살아야 된다, 살아야 된다, 하나같이 빌믄서 불 껐다. 참 하늘도 무심치. 다 뭔 소용이고. 사람이 죽었는데."

심장이 빠르게 뛰기 시작한다. 머릿속에는 그날 내가 알지 못했던 일들이 마구 뒤섞여 떠오르고 미움과 분노로 뒤덮였던 가슴이 미친 듯이 날뛴다.

"너는 그날 사람들이 아무것도 하지 않았다고 생각했지만 사실은 아니었어. 모두가 달려 나와서 물을 들이부었대. 그러느라 몸에 화상 입은 사람들이 그렇게 많았던 거야. 소방차가 오기까지 그 작지만 간절했던 물길이 모여서 네가 살았던 거고. 그러니까 너는 부모님에게서 지켜진 아이가 아니라 모두에 의해서 지켜진, 모두가 살린 아이야."

나는 아무렇지 않은 척하기 위해 어금니를 깨물고 버티고 또 버틴다.

"……그래서 하고 싶은 말이 뭔데? 나더러 그 사람들한테 고마워하라는 거야?"

"아니. 그날 온 마을 사람들이 널 지켰던 것처럼 이제 내가 너 지켜 주겠다고. 이 말이 하고 싶었어."

화가 나야 했다. 그래야 정상이었다. 네가 뭘 아느냐고, 혼자 살아남았다는 죄책감이 어떤 건지 네가 아느냐고 물어야 했다. 차라리 죽었으면 좋았겠다는 생각을 수도 없이 하면서, 도대체 왜 새별이 형을 그토록 지키는 거냐고, 왜 우리 가족의 죽음을 그렇게 없던 일로 만드느냐고, 광기 같은 분노를 품고 살아가는 기분이 어떤지 아느냐고 받아쳐야 했는지도 모른다.

하지만……

엄마가 지켜 줄게.

숨 막히게 날 껴안았던 품이 떠올랐다. 매캐한 연기가 콧속으로 들어와 숨을 쉬는 것조차 뜨겁던 그 순간이.

살아야 한데이, 살아야 해.

그날, 불길 속에서 들었던, 귀청이 찢어질 만큼 크게 들려왔던 그 소리는 아빠 엄마의 목소리이자, 마을 사람들의 목소리였다는 걸 이제서야 알게 된다.

"진짜야. 내가 마음 딱 먹었다고. 열 사람 백 사람이 지켜 주는 것보다 훨씬 더 든든하게 지켜 줄게. 그동안 내가 겸손 떤다고 말 안 했는데, 사실 나 서울에서 유도 좀 했어."

처음이다. 말 한마디로 모든 게 괜찮아질지도 모른다는 생각이 든 건.

"진짜로."

지오가 눈에 힘을 주며 다짐하듯 말한다. 그 눈을 보며 그런 생각이 든다.

어쩌면 신이 내게 실수를 하고 미안하다는 의미로 저 아이를 보낸 것이 아닐까. 만약 그런 거라면, 신을 용서할 수도 있겠다는 생각도.

하지오

내가 유찬을 지켜 주겠다고 마음먹었을 때, 그런 마음을 들게 만든 건 아이러니하게도 새별 선배였다.

"니는 우짜다가 유도 하노?"

손풍기를 이마에 대고 땀을 식히는 내게 새별 선배가 다가왔다. 선배의 턱에 땀방울이 대롱 매달려 있었다. 손풍기를 내미니 선배가 괜찮다고 고개를 저었다.

"처음에는 엄마를 지키고 싶어서요. 싸움을 잘하면 울 엄마 욕하는 사람들로부터 엄마를 지킬 수 있는 줄 알았거든요."

"지금은 와 싫은데? 유도로는 엄마를 지킬 수 없겠드나?"

"뭐 그런 것도 있고. 제가 뭐라고 누굴 지키겠어요."

싸움을 잘한다고 해서 엄마를 지킬 수 있는 게 아니란 사실을 알 만큼 컸을 무렵, 더는 유도가 늘지 않았다. 나보다 못한다고 생각했던 친구가 나를 앞질러 자꾸만 멀어져 가는 동안에도 나는 제자리였다.

"지오야, 나 개인 훈련 받아. 국대 출신 쌤한테. 좀 비싸긴 한데 확실히 다르더라. 너도 엄마한테 말씀드려서 훈련 하나 따로 받아. 요즘은 다들 그런데. 생각을 해 봐. 공부 좀 하는 애들도 몇백씩 돈 쓰면서 일타 쌤들한테 수업 듣잖아."

엄마를 지키기 위해서 시작한 유도였다. 빌어먹을 돈으로 엄마를 힘들게 하고 싶지 않았다. 운동을 하는 데 돈이 필요하다는 게 억울했다. 내가 좀 더 열심히 하면 된다고, 그깟 개인 훈련 같은 건 필요 없다고 마음을 다잡았다. 하지만 아무리 애를 쓰고 매달려도 유도는 언제나 제자리를 맴돌기만 했다. 마치 내 한계는 여기까지라는 듯이. 친구의 말은 꼭 저주처럼 내 머릿속 깊이 박혔다. 아무리 노력해도, 혼자서는 절대로 유도를 잘할 수 없을 거라는 저주.

"노력해서 안 되면 투자를 해서라도 끌어올려야지. 이래서는 죽도 밥도 안 된다, 응? 노력해서 되는 건 초등학교까지야. 선생님 말 무슨 말인지 알지?"

더 이상 실력이 늘지 않는 나를 보며 코치님은 혀를 찼다. 어느 순간부터는 나 스스로도 그런 생각을 했던 것 같다. 나는 유도를 그만둬야 할 사람이라고. 더는 유도가 재미있지 않다고. 내가 올려다볼 수 없는 뭔가를 보듯 유도는 멀어져 갔다.

"누구를 지키는 데 자격 같은 게 어딨노."

"네?"

"니도 안다 아이가. 소중한 사람을 지키는 데 유도가 필요한 게 아이고 마음이 필요하다는 거."

모르겠다. 그 말에 왜 그렇게 울컥했는지. 왜 코끝이 찡해지고 목 끝이 아려 왔는지. 나조차도 부끄러워하던 내 못난 속마음을 이해해 주어서, 내 안부를 묻는 듯한 그 온기에 아무 말도 할 수가 없었다. 삐뚤어진 마음을 제자리로 돌리는 건 이런 온기가 아닐까, 하는 생각과 함께 말이다.

그날 내내 새별 선배의 말을 되새겼다. 누군가를 지키는 데 필요한 건 마음이라는 그 말이 오래도록 가슴에 남아 있었다. 어쩌면 저주 같은 건 처음부터 없었다는 생각이 들었다.

*

똑똑.

아줌마였다. 한 번도 방문을 두드린 적 없었는데 무슨 일이 있나 싶어 깜짝 놀랐다. 내 걱정과 달리 방문을 여니 아줌마의 얼굴이 제법 환해 보였다.

"미안, 방해했제? 다른 기 아이고 면사무소 옆 자두농장에서 자두를 챙기 줘가 함 무 보라고."

"아, 네……. 고맙습니다."

자두를 전해 주고도 아줌마는 할 말이 남은 듯 멈칫했다.

"아, 아이다. 쉬어라."

아줌마는 뒤돌아 가다 말고 몇 번이나 주저하더니 용기를 낸 듯 나를 마주 보았다.

"야가 지금 논다고 난리다. 니 한번 만져 볼래?"

아줌마가 수줍게 미소 지으며 배를 어루만졌다. 갑자기 무슨 배를 만져 보라는 걸까 싶다가도 배 속에서 아기가 논다고 생각하니 신기한 마음에 손을 가져다 댔다가 얼른 거두었다. 내 손바닥을 아기가 툭툭, 쳤는데 그 작은 힘이 너무 경이로웠기 때문이다. 배 속 작은 아이가 자신이 살아 있다는 걸 그렇게 힘차게 표현할 줄은 몰랐다.

"니도 이래 배 속에 있었을 낀데, 맞제?"

나도 모르게 아줌마의 배를 빤히 바라보았다. 나도 저 아이처럼 엄마 배 속에서 힘껏 발길질을 했을까. 내가 여기 있다고, 이렇게 살아 있다고 엄마에게 알렸을까.

아기의 존재를 느낀 순간, 이상하게도 저 작고 힘찬 몸을 보호해 주고 싶다는 생각이 들었다. 엄마도 나를 그런 마음으로 지켜 냈던 걸까.

새별 선배는 마을 사람들에게 빚을 갚기 위해 운동을 했다. 유찬은 할머니를 위해서 공부를 한다고 했다. 아줌마 배 속의 아기는 태어나기 위해 힘껏 자신의 존재를 알렸다. 그리고 나는······

내 앞에 놓인 상황에 투덜거리기만 했다. 내가 할 수 있는 게 뭔지 보려고 하지도 않은 채로.

"고생 많이 했제?"

"네?"

무슨 말인지 몰라 눈을 동그랗게 뜨는 나를 보면서, 아줌마는 내 손을 잡고 빙그레 웃기만 했다.

"아빠한테 얘기 다 들었다."

솔직히 좀 놀랐다. 내가 아줌마라면 내 존재를 알고 난 뒤 이렇게 손을 잡아 줄 수 있을지 잘 모르겠다. 나라면…… 내가 미웠을 것만 같다.

"괜……찮으세요?"

"괜찮고 말고 할 게 뭐 있노. 처음부터 먼 친척이라는 말 믿지도 않았다. 니 얼굴 보는데 아빠랑 똑같드만."

그건 부정할 수 없는 사실이었다. 나도 기차역에서 아저씨를 처음 봤을 때 대번에 알아봤으니까.

"내 다 알고 결혼했다. 코딱지만 한 동네에서 모를라 캐도 모를 수가 있어야지. 언제 말할란가 기다렸드만, 생각보다 늦게 말하데. 거짓말도 몬 하는 양반이 오래도 버텼다."

아줌마가 콧잔등을 찡그리더니 미소를 지어 보였다.

"먹고 싶은 반찬 있으모 말해라. 해 줄게."

확실히 알겠다. 선함은 다른 사람까지 선하게 만들고야 만다는 것을.

이제 예전처럼 상처받고 아파하기만 하는 건 그만둘까 싶다. 미움과 분노는 때때로 찾아들겠지만 거기 매여 있는 대신 내가 할 수 있는 일을 해 볼 생각이다. 까짓것, 못 할 것도 없지.

숨을 가쁘게 내쉬며 체육관에 들어서는데 상준 선배와 새별 선배가 오전 훈련을 하고 있었다. 글쎄, 훈련이라 부르기도 참담한 광경이었지만. 또 상준 선배가 일방적으로 공격을 하고 있었다. 목조르기를 당해 얼굴이 뻘겋게 변한 새별 선배가 항복을 뜻하는 탭을 아무리 쳐도 상준 선배는 풀어주질 않았다.

'네가 책임질 수 있는 거 아니모 나서지 마라.'

당장 달려가서 뭐 하는 짓이냐고 따져야 하는데, 주유의 그 말이 내 발목을 붙잡았다.

상준 선배는 정말로 새별 선배 숨이 꺽꺽 넘어가기 직전에야 조르기를 끝냈다.

"선배……. 이제 그만하면 안 되겠습니까."

"야, 이새별. 니 돌았나? 누구 마음대로 그만하는데? 오전 훈련 채워야 할 거 아이가."

"이만하면 된 것 같은데요."

"야, 마이 컸네. 누구 덕분에 운동하는데? 인자 니 좀 한다 이 거가."

"선배. 그런 게 아니고요."

"아니믄 일어나라."

새별 선배의 머리가 온통 땀에 젖어 있었다. 그런데도 선배는 다시 상준 선배의 상대를 하기 위해 휘청거리며 일어섰다.

예전의 나라면 끝까지 못 본 척했을지도 모른다. 하지만 더 이상 못 본 척하지 않기로 했다. 이제부터는 내가 할 수 있는 일을 하기로 했으니까.

"선배님들! 저 도시락 싸 왔는데 같이 드실래요?"

"어떤 정신 나간 새끼가 선배 훈련을 끊어 먹노?"

헉헉대던 새별 선배는 이게 무슨 일인지 몰라 어리둥절해했고 상준 선배는 화가 머리끝까지 난 것 같았다.

"아유 설마요. 선배님들 훈련하는 걸 제가 감히 어떻게 끊겠습니까. 근데 지금 훈련하는 거 아니잖아요."

"니 눈에는 우리가 노는 걸로 보이나?"

"아니요. 폭력으로 보이는데요."

습하고 뜨끈했던 공기가 서늘해졌다. 새별 선배의 동공이 커졌고 상준 선배의 미간에는 주름이 잡혔다.

"이 새끼가 후배 취급도 안 해 줬드만 그게 배려라고 생각하는 갑지? 니 유도 그만하고 싶나?"

"아니요. 유도 계속할 건데요. 그래서 말씀드리는 거예요. 선배님도 이제 폭력은 그만두시고 유도를 좀 하시라고요."

"니가 이라고도 여서 운동 계속할 수 있을 거 같나?"

상준 선배가 내 앞으로 한 걸음 다가왔다. 내 몸 위로 그림자가 지는데, 위압적일 만큼 거대했다. 그리고 그 앞을 새별 선배가 가로막았다.

"선배님, 죄송합니다. 제가 계속하겠습니다."

"이새별! 비키라."

"선배님."

"비키라 안 하나!"

상준 선배가 새별 선배에게 안다리를 걸었다. 새별 선배는 쿵, 소리를 내며 바닥으로 내팽개쳐졌고 내 앞에는 다시 상준 선배가 서 있었다. 이상하리만치 하나도 무섭지 않았다.

"선배님한테 밉보이면 유도도 못 하는 데인가 봐요, 여기는?"

"할 수 있으면 해 보든가."

"그렇게 말씀 안 하셔도 하려고요. 이제 제가 유도를 좀 열심히 해 볼까 하거든요."

"이 새끼가!"

상준 선배가 소리를 질렀다. 그리고 그때 코치님의 목소리가 체육관을 뒤덮었다.

"뭐 하노!"

코치님 등장에 선배들은 열중쉬어 자세를 했고 나는 태연히 코치님을 맞이했다.

"느그 몸 많이 풀었는가 보제?"

"아닙니다. 죄송합니다."

상준 선배와 새별 선배가 고개를 숙였다. 하지만 나는 숙이지 않았다. 난 죄송한 게 없었으니까. 오히려 새별 선배가 힘들 땐 없다가 이런 순간에 찾아온 코치님이 원망스러웠다.

"둘이 시합 한번 해 봐라."

"네?"

코치님의 제안에 화가 났다. 새별 선배는 훈련이 아니라 휴식이 필요했으니까. 온몸이 멍투성이인데 체급 차이도 많이 나는 사람과 시합이라니, 전혀 공정하지 않았다.

"하지만 코치님……."

"하지오, 니는 어데 일 학년이 선배들 훈련하는데 혓바닥을 놀리노? 뒤로 나온나. 뭐 하노, 느그 둘은 시합 준비 안 하나?"

코치님의 행동이 이해되지 않았다. 새별 선배를 그토록 응원하던 코치님이었는데 무슨 생각인 걸까?

상준 선배와 새별 선배가 고개 숙여 인사를 하고 시합을 시작했다. 평소의 새별 선배였다면 상준 선배가 하는 모든 공격을 받아 내기만 했을 거다. 하지만 이건 코치님이 명령한 시합이었고, 두 사람이 있는 힘껏 서로를 향해 부딪쳐야 했다.

좀 전까지 조르기를 당해 숨도 못 쉬던 새별 선배의 눈이 번뜩이는 걸 보자 소름이 돋았다. 체급 차이가 느껴지지 않았다.

두 사람의 숨소리가 체육관의 공기를 바짝 조이는 것만 같았다.

늘 공격을 받아 주던 새별 선배의 눈빛이 달라진 걸 상준 선배도 알았을 거다. 코치님이 앞에 있으니 아무 말도 할 수 없었을 거고 상준 선배는 체급이 훨씬 높으니 이겨도 얻는 게 없을지 모른다. 그 긴장을 참을 수 없었는지 상준 선배가 한 번에 끝내려고 했다. 거대한 몸을 비틀어 새별 선배의 팔뚝을 잡아채고 등 안쪽으로 선배를 밀어 넣었다. 업어치기였다. 순식간이었고 기술을 피할 방법은 없어 보였다.

그때 새별 선배가 몸을 비틀어 상준 선배 옆으로 빠지더니 그대로 되치기를 했고, 상준 선배의 몸이 쿵 소리를 내며 바닥으로 내쳐졌다.

"하아. 하아. 하."

새별 선배의 숨소리가 체육관을 가득 채웠다. 코치님은 휘슬을 불어 시합이 끝났다는 걸 알렸다.

"시합 얼마 안 남았다. 문제 만들지 말고 조용히 운동해라. 알 긋나?"

코치님의 얼굴이 만족스러워 보이는 건 기분 탓이었을까.

"코치님은 새별 선배를 아끼시는 거죠?"

자리를 옮기는 코치님 뒤를 따라갔다.

"새별 선배가 다칠 수도 있는 시합이었어요. 굳이 상준 선배랑 시합을 시키신 이유가 뭐예요?"

"어이, 하지오."

"네?"

"상준이 저거, 새별이가 지보다 잘할까 봐 두려운 기다. 악착같이 밟고 눌러야 할 만큼 새별이가 성장하는 기 무서워서. 알긋나? 때로는 주둥이로 나불대는 것보다 몸으로 한 방 보여 주는 게 더 클 때가 있는 법이다."

코치님은 다 생각이 있었다. 이 시합으로 새별 선배가 얼마나 성장했는지 확인하는 동시에 상준 선배에게는 경고가 됐을 거다. 아무리 밟아도 새별 선배의 성장을 눌러 내릴 수 없다는 경고. 코치님은 알려 주고 싶었던 거다. 새별 선배가 마음만 먹으면 언제든 상준 선배를 이길 수 있다는 걸.

"상준이 건드려가 좋을 거 하나 없다. 상준이 집안, 이쪽에서는 절대 무시 몬 한다. 농협 조합장부터 시작해가 군의원, 유도 심판들까지 연이 안 닿은 곳이 없다. 내가 와 여기저기 불려 다니믄서 술판 벌이는데? 상준이 집 말고 새별이 후원할 사람 찾을라모 앞뒤 안 가리고 댕기야 해서 그란다. 우째 보믄 상준이 점마도 딱하다. 아직 어린데 집안에서 거는 기대가 크니까 힘들었을 끼라. 하여간 니도 상준이한테 까불지 말고 선배 대접 똑바로 해라."

"까분 게 아니라요, 코치님이 못 미더워서 그런 거예요."

"뭐라꼬?"

"선배들요, 코치님 앞에서랑 뒤에서랑 달라요. 저는 일방적으로 당하는 걸 유도라고 배운 적이 없어요. 새별 선배는 맨날 당하고만 있고요. 그걸 코치님이 알고도 모른 척한 거면, 자격이 없으신 거예요. 몰랐다고 하면 그것도 잘못이죠. 코치님은 알아야하잖아요. 말로만 예쁘다 하시지 말고 선배가 유도를 할 수 있게 해 주세요."

코치님이 뒤통수라도 한 대 맞은 얼굴로 나를 바라보았다.

"야, 하지오. 니 와 그라는데."

"뭐가요."

"와 자꾸 간즈럽게 구냐, 이 말이다. 갑자기 훈련도 열심히 하고. 니 진짜 유도 본격적으로 할라고?"

"네."

"와 갑자기?"

"저한테 저주가 걸려 있던 게 아니란 걸 깨달았거든요."

그때 내 마음이 얼마나 진심을 다하고 있었는지 코치님은 알아차렸을 거다. 코치님의 얼굴에 미소가 번졌으니까.

"뭐 그라모, 한번 해 보든가."

놀라운 건 이런 거다.

내 온 마음을 다하는 순간부터 세상은 변하기 시작한다는 거. 그리고 나는 그걸 절대로 놓치지 않을 생각이다.

유 찬

내가 가만히 둘 것 같나. 개새끼들!

거침없는 욕설이 들려온다. 누가 욕을 지껄이는 건지 굳이 확
인하지 않아도 상준 선배라는 걸, 그 '개새끼들'이 하지오와 새별
이 형이라는 걸 알 수 있다.

*아부지한테 전화해서 저 새끼들 유도 판에 다시는 발 못 붙이
게 할 끼라. 감히 내를, 내를……!*

선배는 불안과 초조, 분노와 짜증으로 속마음마저 횡설수설하
고 있다. 본인도 안다. 아버지 힘을 빌리겠다는 그 마음이 얼마
나 볼품없는지를.

선배는 몇 번이나 긴 숨을 내쉬며 어지러운 마음을 숨기지 못

한다. 나는 벽에 기대서서 그 빈약한 마음을 고스란히 듣는다.

누구도 건드리지 말라고 경고를 보낼까, 아니면 선배의 약점을 잡아 볼까. 고민하던 순간 나를 지켜 주겠다던 지오의 목소리가 떠오른다. 그 마음이, 그 따뜻함이 나를 단단하게 만든다. 그리고 그 단단함이 저런 별 볼 일 없는 초라한 마음에 관심 둘 필요 없다는 생각으로 이끈다. 저 약아빠진 마음으로는 지오의 단단함을 뚫을 수 없다는 걸 알기 때문이다.

그러다 문득, 나 역시 저토록 불편한 마음을 품고 살았음을 깨닫는다. 이제는 나도 나를 알 수 없다. 내가 매일같이 확인하려던 것이 새별이 형의 불행이었는지, 아니면 형이 불행에서 벗어나길 바란 건지.

확실한 건 더는 새별이 형의 불행을 확인할 필요가 없다는 거다. 나에게 평안이 찾아왔으니까.

*

"어? 뭐라고 그랬어?"

"아프다고."

"미안. 아팠어?"

지오가 깜짝 놀라며 내 손목을 놓는다. 손목에 선명하게 지오의 손자국이 남아 있다. 하루 종일 지오가 내 옆에 붙어 있다. 눈은 휴대폰에 고정한 채로, 혹시나 나를 놓칠까 걱정된다며 손목을 질끈 붙잡고 있다.

"어디까지 따라올 건데?"

"너 가는 데까지. 근데 너 어디 가?"

"집. 벌써 다 와 가. 너 훈련 안 가?"

"응. 오늘 훈련 못 한다고 코치님한테 말했어. 엄마 전화 못 받을까 봐."

이야기하는 동안에도 지오의 시선은 내게 몇 초 머물지 못하고 다시 휴대폰으로 향한다.

"그렇게 보고 있다고 전화가 와?"

"혹시 모르잖아. 전화 왔는데 모르면 어떡해."

"그럼 네가 다시 전화하면 되지."

"안 돼. 꼭 바로 받아야 해."

"전화 언제 오기로 했는데?"

"엄마 수술 끝나면 한다고 했어."

지오의 말에 걸음을 멈춘다.

"무슨 수술?"

"아, 내가 말 안 했어? 우리 엄마 오늘 수술해. 대장암 수술."

나 스스로에게 화가 난다. 엄마가 아프다는 말을 들었는데도 제대로 묻지 못했다는 사실이 뒤늦게 떠올라서다.

"미안. 몰랐어."

"괜찮아. 내가 얘기 안 했나 보지, 뭐."

"걱정 많이 되겠다."

"되게 떨리긴 하는데 우리 엄마를 믿으니까. 어젯밤에 엄마랑 통화했거든. 수술 잘 받고 전화 준댔어."

지오가 환히 웃는다. 그 웃음에 모든 게 잘될 거라는 생각이 든다. 그때 우리가 오는 걸 멀찍이서 본 할머니가 달려 나온다.

"아이고, 많이 컸네, 많이 컸어. 그래, 고생 많았제?"

할머니 말에 놀란 건 나뿐만이 아니다. 지오 역시 눈이 휘둥그레져 있다.

"네? 누구, 저…… 저요?"

"남 경사가 어제 회관에 사람들 모아 놓고 다 말했다. 니가 그때 배 속에 있던 아라매. 시상에, 느그 어마이 딱 요만할 때 봤는데, 인자 보이 똑 닮았네."

지오는 어리둥절한 표정이다. 할머니는 지오에게 손부채질을 해 주며 오랜만에 본 손주를 대하듯 한다. 그 친절이 어색했는지, 집에 가 보겠다는 지오의 손에 할머니는 한아름 반찬을 쥐여 주고 나서야 편안해한다.

"가자. 내가 들어 줄게."

그리고 두 손에 들린 짐은 우리 집에서 지오네 집까지 걸어가는 이십 분 동안 두 배가 된다.

"니 맞제? 남 경사 딸내미. 느그 엄마는 잘 있나? 내가 딱 니 번영 왔을 때부터 알아봤다 카이."

"아가 아를 뱄다 캐가 이게 뭔 일인가 했다니까. 느그 엄마도 진짜 간댕이 크제. 혼자 집 나가서 니를 이마이 잘 키웠단 말이가. 하여간에 야무딱지다 카이. 엄마 지금 뭐 하시노?"

외지인에게는 인사도 받지 않으려 했던 사람들이 이제 지오만 보면 알은체를 하고 손에 뭔가를 들려 준다. 그러지 않으면 도저히 못 배기겠다는 듯.

"번영에서 임신했으니까 니는 암만 멀리서 살았어도 번영 사람인 기라. 가만있어 보자, 이럴 때가 아니지, 니 김치전 묵나?"

처음 사람들이 알은체를 했을 때 서먹해하던 지오는 학교마트 아줌마의 김치전까지 받아 들고 나서야 조금씩 미소를 짓기 시작한다. 사람들의 날카롭고 큰 음성에서 자칫, 화가 났나 싶을 때도 있지만 지오는 그게 관심이라는 걸, 배려라는 걸 이제 안다. 지오는 여전히 얼떨떨한 채, 그러나 나쁘지 않은 듯 웃고 있다.

"신기해."

"뭐가?"

"그냥 나를 알고 우리 엄마를 아는 사람들이 있다는 게. 엄마가 너무 어릴 때 날 낳았잖아. 그 얘기 들으면 다들 무슨 범죄자라도 보는 것처럼 화들짝 놀라는데 여기 사람들은 전부 엄마의 안부를 묻는 게, 이상하고 신기해."

나는 사람들이 보내는 마음을 한가득 끌어안고 지오와 발을 맞추어 걷는다. 이 아이와 함께라면 오래도록 걸을 수도 있을 것 같다. 지오의 집과 가까워질수록 점점 더 발걸음이 느려지는 나를 발견한다.

"있잖아. 나 아빠한테 무지 못되게 굴었다? 미워 죽겠더라고. 근데 지금은 잘 모르겠어. 엄마는 나를 지키려고 집을 나온 거잖아. 근데 만약에, 정말로 만약에 엄마가 집을 나오지 않고 여기서 그대로 날 지켰다면 어땠을까, 그런 생각이 들어. 그럼 나는 이 세상에 엄마랑 나뿐이라는 생각으로 살지 않아도 됐을까? 엄마를 지키기 위해서가 아니라, 정말로 좋아서 유도를 했을 수도 있을까. 처음으로 그런 생각이 들더라. 엄마가 나를 지키기 위해 했던 일들이 반드시 옳은 선택이 아니었을 수도 있겠다, 그런 생각."

지오가 나를 본다. 내리쬐는 햇살에 눈을 찡그리면서도 나는 지오를 똑바로 바라보려 애쓴다.

"엄마의 선택이 완전히 옳은 게 아니었을지라도 그때 엄마는, 할 수 있는 최선의 선택을 한 거겠지?"

어디선가 뜨거운 바람이 불어온다. 그 뜨거운 공기는 집으로 돌아가는 내내 내 곁에 머물며 지오가 마지막으로 했던 말을 되새기게 만든다.

"어쩌면 이 마을 사람들도 그날 최선의 선택을 한 걸지도 몰라. 그게 꼭 옳은 선택이 아니었을지라도."

"잘 갔다 왔나?"

할머니가 텃밭에 물을 주며 나를 반긴다. 아직 물을 더 주지 않아도 될 만큼 땅이 촉촉하지만, 할머니는 나를 기다린 걸 들키지 않으려고 텃밭에 다시 물을 주고 있다. 나를 기다리던 마음이 흘러넘쳐 땅을 적시고 토마토를 익게 만든다. 문득 어딘가에는 물 한 방울 닿지 못해 메말라 가는 채소도 있을 거라는 생각이 스친다.

"어서 올라가서 쉬어라."

"할머니."

"와?"

"아까 지오한테 준 반찬, 더 남았어?"

내 물음에 할머니 눈썹이 올라간다. 어쩐지 얼굴에 생기가 도는 것도 같다.

"하모. 배고프나? 밥 차리 줄까."

"아니. 누구 좀 가져다주게."

"누구?"

"새별이 형."

할머니는 말이 없다. 아니, 아무 말을 하지 않아도, 속마음을 듣지 않아도 이미 온 얼굴에 수십 마디 말들이 비친다. 할머니의 얼굴에 새겨진 주름은 안도가 되고, 고마움이 되며, 긴 시간의 용서가 된다.

"그래, 그래. 챙겨 줄꾸마."

할머니의 눈에 눈물이 고인다. 할머니는 소맷자락으로 코끝을 닦아 내고 서둘러 뒤돌아 주방으로 향한다.

그래 찬아. 다 잊어뿌자. 그렇게 해 보자. 고맙데이. 고마워.

이제야 나는 할머니를 온전히 이해할 수 있다. 오 년 전, 마을 회관에서 모든 걸 잊자고, 없던 일로 하자고 했던 사람이 바로 할머니라는 걸 알고 있었으니까.

하지오

    엄마가 수술을 끝내고 전화했을 때 날아갈 듯 기뻤다. 목소리가 잠겨 있긴 했지만 목소리를 듣는 것만으로도 안도가 됐으니까.

    "왜 말 안 했어? 엄마도 여기 살았었다고."

    "네 할아버지가 도로공사에 다니셨잖아. 그때 한창 그 동네 고속도로 공사를 했는데 몇 년 정도 살았어. 엄마는 거기가 정말로 좋았어. 거기서 너희 아빠도 만나고."

    "그래서 날 여기로 보낸 거야?"

    "완치율이 팔십 프로라는데, 혹시 모를 이십 프로 때문에 널 혼자 둘 수가 없었어. 거기에 보내면 너도 외롭지 않을 것 같아서."

    엄마는 잠시 동안 말이 없었다. 나는 엄마가 무슨 말을 해야 할지 몰라서가 아니라 잠시 추억에 젖어 들었기 때문이라는 걸 알고 있었다.

"아무도 모르게 집 나오던 날, 현관문을 여는데 음식이 놓여 있는 거야. 외할머니가 엄마 임신했다고 앓아누웠었거든. 앞에서는 애가 임신했다고 그렇게 손가락질들 하더니 뒤에서는 그래도 밥은 챙겨 먹으라고 반찬이며 과일이며 뭘 그렇게 두고 가는지. 엄마가 먹덧이 있어서 안 먹으면 힘든 입덧을 했잖아. 문 앞에 있는 먹을 걸 보니까 미치겠는 거야. 그러니 어째, 그 새벽에 쪼그려 앉아서 그걸 다 먹었지. 아직도 그 김치전이 잊히지가 않는다니까."

엄마 입에서 김치전 이야기가 나오자 방금 먹은 학교마트 아줌마의 김치전이 떠올라 웃음이 났다.

"거기 사람들이 험악해 보이긴 해도 속은 깊어. 한번 내 편이다 싶으면 곧 죽어도 편들어 주거든. 거기라면 우리 지오 외롭지 않게 있을 수 있겠다 싶었어. 평생 엄마 하나만 보고 살아온 우리 딸 수많은 편 만들어 주고 싶기도 했고. 너도 알지? 엄마는 한다고 하면 하는 사람이야. 열일곱 살짜리는 절대로 애 혼자 못 키운다고 다들 그랬는데 봐, 엄마가 널 얼마나 잘 키웠는지. 그러니까 걱정하지 마. 엄마 더 건강해질 거야. 우리 지오랑 천년만년 살아야지."

막 눈물이 흐르는데도 이상하게 힘이 났다. 뭐든지 이겨 낼 수 있을 것 같았다.

"엄마는 거기 있을 때 정말 행복했어. 시간을 되돌려 그 시절로 돌아간다고 해도 나는 똑같이 아빠를 만날 거고 널 가질 거야. 엄마는 후회 안 해."

나는 속으로 그런 생각을 했다. 엄마, 시간을 되돌릴 수 있으면 절대로 아빠는 만나지 마. 아니, 아빠를 만난다 해도 나는 낳지 마. 나 때문에 엄마가 포기해야 했던 삶을 다시 살아. 꼭 그래 줘.

"엄마 다 나으면 나 유도 얼마나 늘었는지 보여 줄게."

엄마는 말이 없었다. 전화가 끊겼나 싶을 만큼 긴 정적이 흐른 뒤에야 엄마는 말을 이었다.

"지오야. 힘들면 그만해도 돼. 엄마 때문에 유도 하는 거 다 아는데 안 그래도 돼."

"엄마 지키려고 유도 한 건 맞는데, 이제는 아니야. 나도 진짜 유도 좋아해 보려고."

내 말에 엄마가 웃었다. '또 전화하겠다'는 말끝에도 미소가 대롱대롱 달린 게 느껴졌다. 엄마가 정말로 행복해하고 있다는 걸 알 수 있었다.

*

─빨리 뛰어나오소.

주유의 카톡에 웃음이 나왔다. 오늘 주유가 아주 특별한 곳에 데려다주겠다고 해서 기대하던 중이었다.

"어디 나가나?"

집밖으로 나가려는데 아저씨가 말을 걸었다.

"아, 네. 잠깐 친구들이랑 밖에 좀 다녀올게요."

"그래."

아저씨는 뭔가를 말하려다가 이내 다시 입을 다물었다. 아저씨가 하려던 말이 뭐였을까 궁금해서 나도 모르게 계속 입가에 맴돌던 말을 뱉고 말았다.

"다녀오겠습니다. ……아빠."

처음으로 '아빠'라고 부른 순간이었다. 얼마나 놀랐는지 얼어붙은 채 아무 말도 못 하는 아저씨를 두고 나는 얼른 현관문 밖으로 뛰쳐나왔다.

이상하다. 엄마한테 엄마라고 부르는 게 당연하듯 아빠에게 아빠라고 부른 것뿐인데 세상이 뒤집어질 만큼 닭살이 돋는다는 게.

"여기다! 여기."

주유의 목소리에 고개를 돌리니, 새별 선배와 자전거가 보였다. 그 옆에 귀찮아 죽겠다는 표정을 한 유찬도 있었다. 자전거를 보고 내가 눈썹산을 올리며 뭐냐고 묻자 유찬도 모른다는 듯 어깨를 으쓱했다.

"자전거 없나?"

"없는데?"

"그라모 뒤에 타라!"

유찬이 새별 선배 뒷자리를, 내가 주유 뒷자리를 차지했다. 친구들과 자전거를 타는 건 초등학교 때 이후로 처음이라 괜스레 신이 났다. 주유가 우릴 데려간 곳은 푸른 은행나무 숲이었다.

"우와, 뭐야. 여기 은행나무가 왜 이렇게 많아?"

"옛날에 방앗간 할배가 은행나무 심어서 팔면 돈 된다꼬 키우다가 인자 가로수로 은행나무 안 쓴다니까 이래 숲이 돼 삤다."

나는 은행나무를 생각할 때면 노랗게 익은 나무만 떠올렸다. 하지만 은행나무는 푸를 때 훨씬 더 황홀하다는 걸, 훨씬 더 눈이 부시게 청량하다는 걸 알게 되었다. 잎사귀가 가지를 가득 메우고 그늘을 만들어 주는데, 온 세상이 푸름으로 가득 채워진 듯했다. 숲 아래 졸졸 흐르는 냇물이 마치 이곳은 완전히 다른 세상이라고 말하는 것처럼 느껴졌다.

"기억나나? 우리 어릴 때 여기서 많이 놀았다 아이가."

"기억 안 나."

여전히 따분한 표정으로 대답하는 유찬을 본 주유가 기억나게 해 주겠다는 듯 양말을 벗고 냇물에 달려가 발을 첨벙 담갔다. 그러고는 두 손 가득 물을 퍼서 우리에게 뿌렸다. 물이 반짝이면서 흩뿌려졌고, 도망가는 주유 뒤를 새별 선배가 뒤쫓았다. 웃음소리와 고함 소리가 번갈아 들려왔다.

"무슨 일 있어? 왜 이렇게 기분이 안 좋아 보여?"

"그냥. 나 여름 싫어해."

유찬은 젖은 옷을 털어내고 어딘지 불편해 보이는 표정으로 서 있었다. 그러고 보니 햇살 아래 유찬은 언제나 얼굴을 찌푸린 채였다.

"왜? 더워서?"

"아니, 뜨거워서."

그 짧은 대답에 울컥, 가슴에서 뭔가가 꿀렁대었다. 그건 안쓰러운 마음이었고 유찬에 대한 내 마음이었다. 뜨거웠던 그날의 기억 때문에 유찬은 여름이 싫다고 했다. 지글지글 끓는 태양만 봐도 모든 게 타들어 가던 소리가 들리는 것 같다고.

"다른 사람 속마음 들리는 거, 많이 힘든가?"

"끔찍하지."

아무렇지도 않게 끔찍하다고 말하는 유찬을 보니 찌르르 가슴이 아파 왔다.

"갑자기 소리가 들렸던 것처럼, 어느 날 갑자기 소리가 사라질 수도 있지 않을까."

나는 최대한 아무렇지도 않게 말했다. 그렇게 하면 유찬도 아무렇지 않아질지도 모르니까.

"유찬, 이리 와 봐."

"왜?"

"아이, 한 번만 와 봐."

나는 바지를 걷어서 아까 주유가 그랬던 것처럼 냇물에 발을 담그고 앉아 유찬을 불렀다. 내 부름에 유찬이 마지못해 다가왔다.

나는 유찬의 가슴 언저리 위로 손을 가져다 대고는 동그란 공이라도 잡은 듯 손을 감싸쥐었다. 그리고 그게 사과라도 된다는 듯 한 입 베어 먹는 시늉을 했다.

"뭐 하는 거야?"

"보면 몰라? 방금 내가 네 여름 먹었잖아."

"뭐?"

"네 가슴에서 자꾸만 널 괴롭히는 그 못되고 뜨거운 여름을 내가 콱 먹었다고. 이제 안 뜨거울 거야. 괴롭지도 않고 아프지도 않을 거야. 두고 봐."

유찬이 나를 가만히 바라보았다. 뭔가에 맞은 것처럼 멍한 얼굴을 하고서. 좀 바보 같은 표정이라 웃음이 터졌다. 내가 깔깔대고 웃으니 반대편에서 주유와 새별 선배가 손을 흔들었다.

"내가 그랬잖아. 지켜 주겠다고. 네 여름을 한 입 먹은 거, 그것부터 시작이야."

냇물이 흐르는 돌담 위 사이좋은 다리가 나란히 걸려 있다. 양말을 벗고 바지를 종아리까지 걷어 올려 발끝으로 맑은 냇물을 튕기면서.

"어때? 이제 안 뜨겁지?"

"모르겠는데."

"아직 몰라?"

눈을 동그랗게 뜬 내가 발끝으로 냇물을 튕겨 더 위로 뿌렸다. 덕분에 유찬과 내 머리 위로 물방울이 마구 튀었다. 비라도 맞은 것처럼 앞머리와 뺨에 물방울이 흘렀고, 유찬도 웃음을 터트렸다.

큰일이다.

이제 매미 소리도 모자라 저 태양만 봐도 지금이 생각날 테니까. 그냥 알 것 같았다. 이 아이와 함께하는 이 순간이 내가 겪은 여름 중 가장 찬란하고 벅찬 여름이 될 거라는 걸.

마주하는 순간마다 그리워하게 되는, 유난히도 더운 여름이 계속되고 있었다.

작가의 말

작가의 말을 쓰는 동안 한바탕 비가 내렸다. 요란하게도 내리는가 싶더니 창밖으로 너무나 크고 선명한 무지개가 떴다. 그것도 두 개가 나란히 빛을 내는 쌍무지개가. 무지개를 보기가 힘든 것은 물론이거니와, 쌍무지개를 실제로 보는 건 처음이라 그 황홀함에 입을 다물지 못하고 멍하니 밖을 내다보았다. 그러다 문득, 내가 느낀 것을 당신도 느꼈으면 좋겠다는 생각이 들었다.

한때 나는, 찬이처럼 다른 사람의 속마음을 들을 수 있으면 좋겠다고 생각한 적이 있었다. 지오처럼 삶이 가지고 오는 수많은 선택들로부터 고민한 적도 있었다. 다른 사람들의 마음을 알 수 없어서, 수많은 선택지 중 어떤 것을 골라야 하는지 알 수 없어서 고단하고 지친

나날을 수도 없이 보냈다. 이 이야기는 그 많은 날들에 대한 나의 해답이다. 물론 정답이 될 수는 없겠지만, 적어도 당신이 이것 하나는 알아주었으면 한다. 먹구름 뒤에 밝고 빛나는 무지개가 떠 있다는 것을.

이 이야기는 내가 쓴 이야기 중 가장 좋아하는 이야기이다.

혼자인 줄 알았던 이들 곁에 너무도 따뜻한 이들이 언제나 함께였음을 알게 되는, 햇살만큼 반짝이는 이야기가 되길 바라며 글을 썼다. 이 이야기가 마음이 닿지 않아 힘들어하는 이에게, 뜻대로 되지 않는 삶이 답답한 이에게 위로가 되기를, 그리하여 당신의 삶이 여름의 햇살만큼 눈부시기를 바란다.

이 책의 배경이 된 정주군 번영읍은 경상북도 청도군 금천면을 모델로 했다. 눈부시게 푸르고 청량한 청도에서 지오와 찬이를 만났다. 청도분들은 번영 사람들과 달리 첫 만남부터 친절하고 다정하다. 덕분에 참으로 행복하게 이야기를 쓸 수 있었다. 이야기에 도움을 준 김기대님과 김진호님께 감사의 인사를 보낸다. 또 이야기가 완성되기까지 함께 고민해 주고 귀를 기울여 준 편집부에게 찬사를, 그리고 언제나 나를 환하게 만들어 주는 우리 가족에게 말로 다 전할 수 없는 사랑을 전한다.

마지막으로 긴 이야기와 작가의 말까지 읽어 준 당신에게 내 온 마음을 보낸다. 이 이야기가 당신에게 비 온 뒤 뜨는 무지개 같은 이야기로 남게 된다면 더할 나위 없는 영광일 것이다.

황홀한 무지개가 당신 곁에 머물기를 빌며.

푸른 여름날,
이꽃님

여름을 한 입 베어 물었더니

© 2023 이꽃님

1판 1쇄 2023년 8월 18일 | 1판 9쇄 2024년 12월 5일
글쓴이 이꽃님 | 책임편집 정현경 | 편집 원선화 이복희 염현숙 | 디자인 이은하
마케팅 정민호 서지화 한민아 이민경 왕지경 정유진 정경주 김수인 김혜원 김예진
브랜딩 함유지 함근아 박민재 김희숙 이송이 김하연 박다솔 조다현 배진성
저작권 박지영 형소진 최은진 오서영
제작 강신은 김동욱 이순호 | 제작처 한영문화사
펴낸곳 (주)문학동네 | 펴낸이 김소영 | 출판등록 1993년 10월 22일 제2003-000045호
주소 10881 경기도 파주시 회동길 210 | 전자우편 kids@munhak.com
홈페이지 www.munhak.com | 카페 cafe.naver.com/mhdn
북클럽 bookclubmunhak.com | 트위터 @kidsmunhak | 인스타그램 @kidsmunhak
대표전화 (031)955-8888 팩스 (031)955-8855
문의전화 (031)955-3576(마케팅) (02)3144-3239(편집)
ISBN 978-89-546-9457-5 03810